落語少年サダキチ

田中啓文・作
朝倉世界一・画

福音館

もくじ

1 俺《おれ》、落語する 7
2 「平林《たいらばやし》」 24
3 サダキチ誕生《たんじょう》 55
4 夕暮《ゆうぐ》れの彦八《ひこはち》神社 79
5 ナニジダイ？ 96
6 「平林《たいらばやし》作戦」 114
7 ご先祖《せんぞ》さん！ 140
8 カロカロメハチメハチ 157
9 サダキチの帰還《きかん》 184
10 大落語会 195
サダキチも知らない落語の話　桂九雀 213

落語少年サダキチ

1 俺《おれ》、落語する

「頼《たの》むわ。なっ、なっ、なっ、なっ、なっ、俺《おれ》、自信ないねん」

「おまえから言い出したことやないか」

「けど……もう、ぜったい無理や。ごめん、許《ゆる》して。なっ、なっ、なっ、なっ」

苦手なブロッコリーが入った給食のシチューをようやく食べきった、と思ったとたん、真一《しんいち》に泣きながら拝《おが》み倒《たお》され、忠志《ただし》はしだいに押《お》し切《き》られていった。

清海《きよみ》忠志は、この物語の主人公である。主人公というのはたいがい、かっこよくてイケメンで、ケンカが強くてスポーツ万能《ばんのう》、頭がよくて女の子にもてるものだが、忠志はそうではない。まず、背《せ》が低くて顔はシケメン、ケンカは超《ちょう》弱く、運動も苦手だ。だからといって勉強ができるわけではない。女の子にもてないのは言うまでもないが、それには今あげたほかにも大きな理由がある。まあ、そのあたりはおいおい話しますけどね。

「なっ、なっ、なっ、なっ、なっ、一生のお願いや。今日の漫才《まんざい》、俺《おれ》、パスさせてくれ」

たしか二週間ほどまえ、花壇《かだん》のひまわりをサッカーボールでなぎ倒《たお》してしまったときも、

「一生のお願いやから、いっしょに職員室《しょくいんしつ》にあやまりに行ってくれ」

と言われてついていったはずだ。おまえの一生は何回あるねん、という言葉をぐっと飲《の》み込《こ》んで、かわりに出た言葉が、

「ええで。かめへんで」

言いながら、俺《おれ》はいったいなにを言うてんねん、と思っていた。そう、忠志は頼《たの》まれると「いやだ」と言えない性格《せいかく》なのであり、真一はそのことをよーく知っている。

漫才《まんざい》はふたり以上いないとできない。そして、今日の五時間目の「お楽しみ会」で、忠志は真一と漫才《まんざい》を披露《ひろう》することになっていたのだ。そしてそして、「お楽しみ会」はあと三十分ではじまるのだ。

「かめへん、て、きみ、無責任《むせきにん》やな。プログラムひとつ減《へ》るんやから、先生に言わなあかんぞ」

クラス委員の里浜俊彦《さとはまとしひこ》が言った。後ろで話を聞いていたらしい。彼《かれ》は、算数のテス

トで九十九点を取ったとき、

「このぼくが百点じゃないなんて……！」

と本気《マジ》泣きしたので、「九十九里浜《くじゅうくりはま》」と呼《よ》ばれている。一年の一学期にクラス委員になって以来、五年連続でクラス委員に選ばれている「クラス委員のプロ」である。髪《かみ》を七・三に分け、黒縁《くろぶち》の伊達眼鏡《だてめがね》をかけているのも、

「クラス委員とはかくあるべし」

というスタイルを守っているからなのだ。

「ごめんな、ほんまにごめん」

真一は、また頭を下げた。くりくり坊主《ぼうず》なので、頭のつむじが三つあるのがよくわかる。

「かめへん、て言うたやろ。俺《おれ》ひとりでなんとかする」

忠志は腕組《うでぐ》みをして、そう言った。たしか、このまえテレビで見た学園物ドラマでこんなシーンがあった。

俊彦があきれた顔で、

「なんとかできるはずないって。きみ、真一のセリフまで自分で言うて、ひとりで漫《まん》才《ざい》するつもりか？」

ピン芸ということだろうか。もちろんそんなことは考えていない。

「わかった。きみ、また『爆裂《ばくれつ》フェイス』で逃《に》げる気やな。それはひきょうやぞ」

俊彦の言う「爆裂《ばくれつ》フェイス」というのは、忠志が持ちネタにしている顔芸だ。

さっき、忠志の顔を「シケメン」と紹介《しょうかい》したが、眉《まゆ》を寄《よ》せて目を寄《よ》り目《め》にし、鼻の穴《あな》を開いて唇《くちびる》をまくれあがらせ、舌《した》を突《つ》き出《だ》すと、信じられないような変顔になる。

「ぶわっは!」

と言いながらこの顔をすると、笑わないやつはいない。皆《みな》、腹《はら》を抱《かか》え、涙《なみだ》を流して大笑いする。

ビリケン第三小学校一怖《こわ》いといわれ、ゴリラゾンビとあだ名のついている教頭の猿《さる》田《た》も、忠志のその顔を見ると、かならず吹《ふ》き出《だ》す。

そうそう、先月もふたりで職員室《しょくいんしつ》にプリントをもらいに行ったとき、真一が、猿田が大事にしていた湯《ゆ》呑《の》み茶碗《ぢゃわん》をうっかり割《わ》ってしまったことがあった。猿田はさっそく、火山が噴《ふん》火《か》するような勢《いきお》いで真一をしかりはじめたが、すこしはなれたところから忠志がこっそり「爆裂《ばくれつ》フェイス」を向けると、

「あはははは……なんじゃその顔……あはははは」

と笑いはじめた。

同一人物
down
town

ゲラゲラ笑って笑って笑いすぎて息が苦しくなり、

「清海……頼《たの》む……もうやめて……顔っ、かおっかおっ、その顔やめてくれ。死ぬっ、そのかおかおかおかおかお……」

そう叫《さけ》んで床《ゆか》を転がりまわったあげく、胸《むね》を押《お》さえてハアハアと荒《あら》い息をつきながら立ち上がり、

「やめて……やめて……」

と言いながら職員室《しょくいんしつ》を出ていった。真一がことなきをえたのは言うまでもない。

ただ、この技《わざ》にも欠点がふたつある。ひとつは、「爆裂《ばくれつ》フェイス」があまりに強烈《きょうれつ》すぎて、ふだんでも忠志の顔を見ると「変顔」が頭にチラつくことだ。クラスのアイドル的存在《そんざい》の宮日可憐《みやびかれん》と商店街でたまたま出会ったときのことだ。目指す方向がいっしょだったので、しばらくふたりで通りを歩いた。相手を意識《いしき》した忠志はがらにもなくかっこうをつけ、無言で渋《しぶ》い表情《ひょうじょう》をキメていたつもりだったのだが、突然《とつぜん》、可憐は笑いだし、

「ごめん……清海くんの顔見てたら、あの顔が思《おも》い浮《う》かんじゃって……あはははは」

まるで会話にならなかった。そう、「爆裂《ばくれつ》フェイス」こそが、彼《かれ》が女の子にまったくモテない最大の理由なのだ。

そして、もうひとつの欠点は、一度「爆裂《ばくれつ》フェイス」をすると、しばらくもとに戻《もど》らないことだ。事情《じじょう》を知らない先生には、

「おまえ、その顔、やめい！　先生を馬鹿《ばか》にしてるのか」

としかられるのだが、これぱっかりはしょうがない。だから、「爆裂《ばくれつ》フェイス」はそうたびたび使える技《わざ》ではない。

「お楽しみ会の品位がくずれるから、クラス委員として変顔は禁止《きんし》する」

俊彦が断固《だんこ》たる口調で言った。忠志は、成績《せいせき》こそ下から数えたほうが早いし、運動も苦手だが、ギャグや物まねでみんなを笑わせるので、クラスではけっこう人気がある。クラス委員の俊彦は、そんな忠志にライバル心を持っているのか、なにかにつけていちゃもんをつけてくる。

「かめへんやないか。忠志の顔芸、久《ひさ》しぶりに見たいわ」

フォローしようとしたのか、真一がそう言ったが、さすがに忠志も「お楽しみ会」を、変顔だけで乗り切れるとは思っていなかった。いつのまにか、三人の会話を聞きつけてクラスメイトたちが集まっている。

「わかってる。変顔はせえへん」

「じゃあ、なにをするんだい」

忠志はだまり込《こ》んだ。

「漫才《まんざい》はできない。変顔もしない。歌でも歌うつもりかな。ダンスは……やめたほうが」

「うるさい。ちょっと静かにしてくれ！」

忠志は、そのあともだまって、だまって、だまってだまって、だまって……だまった。真一が心配そうに顔をのぞき込《こ》んできたが、それでもだまって考えた。

そして……顔をあげ、

「俺《おれ》、落語する。落語やったらひとりでできるやろ」

忠志の言葉に、みんなが目を丸くした。

「落語……？　きみ、落語なんかできるんか」

「できる！」

そう言って忠志は胸《むね》を張《は》った。ほんとうはかけらも自信はなかったけれど、口に出してしまった以上はもう引き下がれない。目をつむり、右のこぶしを突《つ》き出《だ》して、こう言い放った。

「男には、あとさき考えず、やらなあかんときがある！」

キマッたな……！　自分で自分にほれぼれしながら目を開けると……みんなの不審《ふしん》

そうな視線《しせん》を浴びていた。


ことのおこりは、一カ月まえだった。

忠志たち五年三組の担任《たんにん》、千代田《ちよだ》ねね子が「朝の会」のときに、

「今度のお楽しみ会で、出し物やりたいひと！」

ねね子先生のあだ名は「キャット」。目が大きく、動きが猫《ねこ》のように敏捷《びんしょう》だからだ。元気でほがらかで、先生が教室に入ってきた瞬間《しゅんかん》、部屋全体がパッと明るくなるように思える。

「はいはいはいはいはいはいっ！」

元気よく手をあげたのは、村本《むらもと》真一だ。ちゃらんぽらんでいいかげんだがふしぎに憎《にく》めないやつである。忠志とは幼稚園《ようちえん》からのつきあいだ。

（へー、こいつ、なにやりたいんやろ）

忠志がそう思っていると、

「俺《おれ》、忠志と漫才《まんざい》します！」

えーっ、マジか。なーんも聞いてないって。

「へー、ふたりともお笑い大好きだもんね。わかりました。じゃあ、村本くんは清海くんと漫才《まんざい》……と」

忠志も真一も、大のお笑いファンだ。それも、近ごろの若手《わかて》漫才《まんざい》コンビのとんがったネタが好きだ。キャラ芸人のヒットギャグをまねして喜んでるような、クラスのほかの連中とはちがう、という思いがあった。

昼休み、みんながサッカーや野球、「はじめの一歩」や「どろけい」をしているときも、ふたりはほぼ毎日、前の日にテレビで観《み》たお笑いについてマニアックなダメ出しをして盛《も》り上《あ》がっていた。

といっても、クラスで浮《う》いているわけではない。運動会でも合唱コンクールでも、やるときはみんなと力を合わせて全力でやる。

「うちのクラスは一色じゃない。いろんな色の子がいるから、混《ま》ぜ合《あ》わさったときにいい色になるのよ」

ねね子先生は口ぐせのようにそう言っている。五年三組は「ええ感じ」なのだ。

そんな真一だから、お楽しみ会で忠志と漫才《まんざい》をやりたい、と言い出すのも自然ではあったが、事前になんの相談もなし、というのはいくらなんでも……。

「タダッチと俺《おれ》がコンビ組んだら、無敵《むてき》やと思うねん」

真一は目をきらきら輝《かがや》かせてそう言った。

「そう、かな……」

言われて悪い気はしない。

「そやで。俺《おれ》ら、この学校でいちばんお笑いにくわしいふたりやんか」

そのことには自信ある。

「それはそやな」

「しっかり練習して、がんばろうぜ。——ネタは、言い出しっぺの俺《おれ》が書くわ」

「え……?」

ちょっとひっかかった。忠志も、実際《じっさい》に書いたことはなかったが、

(いっぺん、漫才《まんざい》のネタ、書いてみたい)

かねがねそう思っていたのだ。でも、

(漫才《まんざい》やるって言い出したのは真一やし、ここはゆずってやるか)

俺《おれ》っておとなやん……と思いながら、

「うん、ええで」

「ところで、コンビ名、なんにする?」

「そんなもんあとでつけたらええやん。まずはネタを作ろうや」

「なに言うてんねん、タダッチ。今度のお楽しみ会が俺《おれ》らの初ライヴやぞ。もし、俺《おれ》らがそのうち有名になってテレビで大活躍《だいかつやく》するようになったとき、しもた、しょうもないコンビ名つけてしもた、あのときもっと考えてつけたらよかった……て後悔《こうかい》しても手遅《ておく》れや。名前は大事やで」

あかん、妄想《もうそう》や。

「まあ、名前はゆっくり考えよ。とにかく早くネタ書いてくれ」

しかし、待《ま》てど暮《く》らせど真一はネタを書いてこない。会うたびに、彼《かれ》が口にするのはコンビ名のことや、舞台衣装《ぶたいいしょう》のこと、あとは、いつか有名になったときのためにサインを考えなあかん、とかそんな夢《ゆめ》みたいな話題ばかりだった。

肝心《かんじん》のネタがなかったら、ほんとうにただの夢《ゆめ》だ。

「おい、まだか」

と何度か催促《さいそく》したのだが、そのたびにはぐらかされる。そしてとうとう、お楽しみ会まで十日となったある日、真一はネタを持ってきた。汚《きたな》い字で広告の裏《うら》に走り書きしてある。

一読して、驚《おどろ》いた。

（なんやこれ！）

そのネタは、いや、ネタと呼《よ》べるようなものではなかった。とにかくまったく、おもしろくない。

（これを……俺《おれ》がやるんか。ひとまえで……）

それはかなりしんどい。しかし、あと一週間しかない。

「よっしゃ、練習しよ」

忠志は自分に言い聞かせるように、すこし大声でそう言った。真一はほっとしたような顔になった。

それから毎日、ふたりは猛練習《もうれんしゅう》した。真一がボケで、忠志がツッコミである。忠志はほんとうはボケに回りたかったが、台本でそう指定してあるからしかたがない。

本番が二日後に迫《せま》った日の放課後、いつもの練習場所である近所の公園に行くと、真一の様子がおかしかった。ベンチに座《すわ》ったまま、忠志が近づいても顔をあげない。

「どないしたんや」

返事がない。

「しんどいんか。風邪《かぜ》ひいたんか。熱あるんとちゃうか」

なにを言っても下を向いたままだ。しばらくして、

「やめよか」

ぼそりと言った。

「なにを」

「漫才《まんざい》」

「なんでやねん」

思わずツッコんでしまった。

「このネタ、よう考えたらあんまりおもろないいんちゃうか」

今ごろ言うな。

「こんなん、ひとまえでやって、スベったらカッコ悪いやん」

おまえが書いたネタやろ。

「せやから出るのんやめとこ。な、そのほうがええって」

「出えへんほうがカッコ悪いわ。なんとかして出ようや」

「このネタは嫌《いや》や。――おまえ、ネタ書いてないんか?」

書いてない。書きたかったけど、書いてない。

「タダッチ、俺《おれ》が今、このネタ、あんまりおもろないいんちゃうか、て言うたとき、そんなことない、て言わんかったな。おまえもずっと、おもろないて思ってたんやろ!」

めんどくさいやつやなあ、と忠志は思った。それはそうやけど、いっしょうけんめい練習したやないか。自分から放り出しといて、俺《おれ》に文句《もんく》言うのはおかしいやろ。それを今言ってしまうと、ケンカになり、あさっての本番がパーになる。忠志は、ぐっとがまんして、

「そんなことない。おまえのネタはおもろいで。俺《おれ》が保証《ほしよう》する」

「そ、そうか……？」

「な、せやからあと二日、がんばって練習しよ。そしたら、もっとおもろなるって」

「う、うん、そやな。そうしよ。やるで、練習や！」

単純《たんじゆん》なやつ。でも、一年のときからの親友なのだ。

結局、ネタ合わせは夕方まで続き、帰りが遅《おそ》くなった忠志は家への道を急いだ。

（おとん、また怒《おこ》るやろな）

忠志には母親がいない。物心ついたとき、家にはすでに父親の忠太郎《ちゆうたろう》しかいなかった。あ、ちがった。おじやんとおばあがいる。

母親は死んだのか、それとも離婚《りこん》したのか、そのあたりのことははっきりわからない。

忠太郎は、母親の話はいっさいしない。おじやんとおばあも口が堅《かた》く、忠志がかま

をかけてもなにも教えてくれない。

（まあ、離婚《りこん》やろな）

と忠志は見当をつけていた。

忠志の父は「笑酔《しょうすい》」という居酒屋《いざかや》を経営《けいえい》している。経営《けいえい》だけでなく、板前も、洗《あら》い場《ば》も、レジ係も兼《か》ねている。

つまり、ひとりで仕込《しこ》みから料理から客の接待《せったい》からなにからなにまでこなせるような、小さな小さな店なのだが、本人は「高級料亭《りょうてい》の社長だ」と言っている。

髪《かみ》を短く刈《か》り込《こ》み、はちまきをして、白い仕事着を着、一心不乱《いっしんふらん》に料理をしている姿《すがた》はかっこいいが、仕事が終わったあと、居間《いま》でビールを飲みながら、だらしなく寝《ね》そべっている姿《すがた》はまるでセイウチみたいで幻滅《げんめつ》だ。あ、べつにセイウチをばかにしているわけではないよ。

一階が居酒屋《いざかや》で、二階が忠志たちの住まいなのだが、お客さんが多かったり、宴会《えんかい》の予約が入ったりすると、二階の和室を使うことになる。そういうときは、おじやんとおばあと忠志は狭《せま》い居間《いま》に追いやられる。でも、小さいころからそうだったから、もう慣《な》れてしまっている。

いつの間にか街灯がともっており、忠志はあせった。

公園から家に帰るには、途中《とちゅう》、商店街を通らなければならない。ここは、いわゆるシャッター商店街で、三分の二ほどの店はシャッターがおろされている。

「忠志、今日は遅《おそ》いな。どこで遊んでたんや」

「勉強しとって遅《おそ》なったんや」

「あんまり成績《せいせき》が悪うて居残《いのこ》りになったんやろ」

「ちゃうわ。成績《せいせき》が良すぎて、みんなの手本になってくれて、先生に頼《たの》まれたんや」

八百屋《やおや》のおっちゃんや、本屋のおばあさん、たこ焼き屋のおにいちゃん……といった顔なじみと軽口をたたきあいながら、忠志は家への道を急いだ。

商店街のいちばん端《はし》っこまで来たとき、

「おい、ジジイ。あやまらんかい！」

頭のてっぺんから出たような甲高《かんだか》い声が聞こえた。

2「平林《たいらばやし》」

まさか、うちのおじやんがだれかにからまれてるんちゃうか。そう思って声のしたほうを見た忠志《ただし》の目にとびこんできたのは、茶髪《ちゃぱつ》や金髪《きんぱつ》の若者《わかもの》数人に取り囲まれた、おじやんと同じぐらいの年かっこうの、着物姿《きものすがた》の年寄《としよ》りだった。

顔は獅子舞《ししまい》のお獅子《しし》のようにごつく、しわだらけだ。

(よかった。うちのおじやんやないわ)

忠志はほっとしたが、だからといって見過《みす》ごしていいものか。忠志はすこしはなれたところにある「チカンに注意」の看板《かんばん》の陰《かげ》から様子をうかがった。

あたりに人通りはない。

和服の老人はかなり酔《よ》っているらしく、顔は赤く、足もともふらついている。べろべろ、というやつだ。

一方の若者《わかもの》たちは、タバコを吸《す》い、あたりにやたらとつばを吐《は》いている。ときどき見かける、このあたりの不良グループだ。

忠志も一度、カツアゲされかけたことがある。そのときは走って逃《に》げたので助かったが……。

（どないしょ。だれか通りかからへんかな。商店街のひと、呼《よ》びにいったほうがええんかな……）

忠志はおろおろしながら成り行きを見つめていた。なんとかしたい。でも、自分ではとうていかなわない相手なのだ。

「なんであやまらんと……いかんのじゃい。おまえらが……ぶつかってきたんやないか。おまえらのほうが……あやられろれられ」

老人は、舌《した》がもつれてまともにしゃべれない。

「なんやと。ジジイ、ぼこぼこにされたいんか」

ひとりが老人の胸《むな》ぐらをつかんだ。忠志は怖《こわ》くなって、

（あやまってしまえ。とりあえず「ごめん」て言え）

心のなかでそう思ったが、老人は若者《わかもの》の手を払《はら》いのけ、

「ぼこぼこでも、でこぼこでも、かまぼこでもしてもらおやないか」

「今やったらまだ間に合うで。俺《おれ》らも、年寄《としよ》り殴《なぐ》りとうないねん。落としまえさえつけてくれたら、堪忍《かんにん》したるわ」

「落としまえ、て……なんじゃい」

「わからんのか。金や、金。今、なんぼ持ってる？　全部出したら許《ゆる》したるわ」

その言葉を聞いたとたん、老人の顔つきが変わった。

「なんじゃ、おまえら……ガキのくせに年寄《としよ》りになんくせつけて金せびるつもりか。しょうもな……ただのタカリやないかい」

「なんやと！」

若者《わかもの》たちはいきりたち、こぶしを振《ふ》り上《あ》げた。

「おまえらみたいなやつは、町のクズじゃ。ドアホ！　このわしが……天に代わっておしおきを……」

その言葉にカチンときたらしい若者《わかもの》たちは、老人に殴《なぐ》りかかろうと身がまえた。

（もう、やけくそや……！）

忠志は無我夢中《むがむちゅう》で走り出し、老人をかばうようにして若者《わかもの》たちのまえに立ちはだかった。

「な、なんや、このガキ」

注目が自分に集まった。

「なんの用事や。このジジイの孫か」

「まさかジジイを助けにきたんとちゃうやろな」

「おい、なんとか言わんかい、正義《せいぎ》の味方」

矢継《やつ》ぎ早《ばや》に質問《しつもん》が浴びせられたが、あとさきのことをなにも考えずに飛び出したので、言葉が出てこない。不良のひとりがにやりと笑い、

「こいつ、俺《おれ》らとやる気か？　アホちゃうか」

「生意気やな。こういうガキはいっぺん痛《いた》い目にあわせなあかん」

不良たちは忠志を取り囲み、じりじりと輪をせばめてきた。彼《かれ》らに腕力《わんりょく》で勝てるはずがない。どうする……どうする……あやまってしまうか……それとも無謀《むぼう》を承知《しょうち》で体当たりして、そのまま逃《に》げてしまうか……失敗したらぼこぼこのかまぼこだ。どうする……どうするどうするどうするどうするるるるるるる……。


ぶわっは！

出ーたーーーっ！

必殺の「爆裂《ばくれつ》フェイス」だ。

どうだろう、クラスメイトを笑わせることはできるが、はたしてこの連中に通用するのか……。忠志は、不安を覚えつつ、必死で変顔を続けた。

はじめは固かった不良たちの怖《こわ》い顔が、氷が溶《と》けるようにゆっくりほどけはじめた。

「う、うわっ、こ、こ、こいつ……」

「なんじゃや、この顔！」

「あはははははは」

腹《はら》を抱《かか》えて笑いだす。

「ぶは、ぶは、ぶはっははは」

「変すぎる。俺《おれ》がこれまで見た一番変な……ふひはひはひ」

「お、お、おもろすぎて死ぬ。死ぬ。死ぬ。助けて、死ぬ」

腹筋《ふっきん》をこぶしで叩《たた》きながら、身体《からだ》をよじっている。

「人間やない。はは……はひはひはひ……」

「息が苦し……あかん、これはあかんやつや」

「きーっ、ききききき、きっきっきっ。呼吸《こきゅう》が……呼吸《こきゅう》が……」

涙《なみだ》を流し、鼻水を垂《た》らし、空中を叩《たた》き、しばらく大声で笑いつづけていたが、

「なにしとるの、きみたち」

振《ふ》りかえると、警察官《けいさつかん》がいかめしい顔つきで立っていた。若者《わかもの》たちはまだ笑いながら、

「こ、こ、こ、このガキ、いや、子ども、子どもさんがおもしろい顔をしたんで、ひひひ……はひひ、みんなで笑ってたんです。ふひっ、ふひっ、ふひっ」

「ああ、そう」

そう言った警官《けいかん》が忠志の顔をちらと見た瞬間《しゅんかん》、

「ぷーっはははは……あ、いや、その……じゃあかまわない。ぶひふふっ、け、ケンカでもしてるのかと思ってね」

不良たちは、

「あかん、気ぃ抜《ぬ》けた」

「はははは……ほんまにおもろい顔やなあ」

「ぐふ……ぐふふふ。苦しい……苦しい顔や」

たがいに肩《かた》を叩《たた》きあいながら、どこかに行ってしまった。

「本当になにもなか……うぶっ……いや、その……うばふふふふ……なかったんだね？」

「ああ……はい。あのお兄ちゃんたちにおもしろい顔してくれ、て言われたんで、見せてただけです。なんにもありません」

「いやあ、きみの顔はほんとに……むふふふふ。うん？　そこにいるお爺《じい》さんはだれかな」

忠志は、地面に寝《ね》ころんでいる老人をちらと見た。このままだと警察《けいさつ》に連れて行かれるかもしれない。

「えーと……こ、このひとはぼくのおじやんです。お酒に酔《よ》ったんで、ちょっと休憩《きゅうけい》してるところです」

「うむ、ならばよし。ぷっふふふ……あ、いや、気をつけて帰りなさいよ」

警官《けいかん》は口もとを手で押《お》さえながら行ってしまった。

ホッと胸《むね》をなでおろした忠志は、道に倒《たお》れた老人を助けおこそうとして、

（くさっ！）

思わず顔をそむけた。老人は笑いながら、

「うははは……酒臭《さけくさ》いやろ」

「うん……めちゃめちゃすごい臭《にお》いする」

父親の店で、数かぎりなく酔《よ》っぱらいを見てきたが、これほどアルコール臭《くさ》いのは珍《めずら》しいぞ。

「正直な子やなあ。かなり飲んださかいなあ。久々《ひさびさ》にこっちに戻《もど》ってきたもんやさかい、うれしゅうて、一升五合《いっしょうごんごう》ぐらい飲んでしもた。財布《さいふ》すっからかんや」

のんきなことを言っている。

「だいじょうぶ？　怪我《けが》とかしてへん？」

「ああ……ちょっとすりむいただけや」

「あんな無茶したらあかんで」

「無茶？　なにが無茶や」

「歳《とし》を考えろ、て言うてるねん。ああいう不良にからまれたら、とにかくあやまりたおして、隙《すき》見て逃《に》げるんや。大勢《おおぜい》相手に勝てるわけないやろ」

「はっはっはっ、大阪《おおさか》の子やな。ちゃんとところえとる。けどな、ぼん……」

老人は、忠志にぐっと顔を近づけ、

「覚えとき。男には、あとさき考えず、やらなあかんときがあるんや」

「…………」

「見とったで。ぼんも、わしを助けようとしてあいつらのまえに飛び出したやないか。おんなじこっちゃ」

言われてみたらそのとおりだ。あのときは、頭であれこれ考えるまえに身体《からだ》がひとりでに動いたのだ。この爺《じい》さん、なかなかええこと……。

「それにしても、ぼん、おもろい顔しとるなあ」

「――えっ」

そうだ。「爆裂《ばくれつ》フェイス」をすると、しばらくもとに戻《もど》らないことを忘《わす》れていた。

「その顔見たら、だれかて笑《わろ》てまう。そういう顔はな、落語家に向いとるねん。得やなあ」

ほめられているのかけなされているのかわからない。

「そや。助けてもろたお礼に、落語聴《き》かせたろ」

「落語……？」

あまりに突拍子《とっぴょうし》もない申し出だった。

「あの……いえ、俺《おれ》は……」

「ええからええから。遠慮《えんりょ》せんでええ。ほんまは小づかいやりたいねんけど、すっくり飲んでしもたから一文なしなんや」

遠慮《えんりよ》ではないのだ。早く帰らないと、おとんのげんこつが怖《こわ》い。それに、俺《おれ》は、落語は……。

「ぼん、落語聴《き》いたことあるか」

「一回だけ」

学校で「芸術鑑賞《げいじゆつかんしよう》」があったとき、ナントカいう若手《わかて》の落語家がなんとかいうネタを演《えん》じるのを聴《き》いたのだ。

「おもろかったか」

忠志はすこしためらってから、かぶりを振《ふ》った。退屈《たいくつ》で退屈《たいくつ》で退屈《たいくつ》で退屈《たいくつ》で、途中《とちゆう》で寝《ね》てしまったっけ。

「それは、その落語家がド下手《へた》くそやったんや。わしは落語の大名人やさかい、心配いらんで」

そうだろうか。忠志の父は落語ファンで、忠志が漫才《まんざい》番組を見ているといつも、「漫才《まんざい》なんかしょうもないぞ。落語を聴《き》け、落語を」

とうるさく言ってくるが、忠志は、

「俺《おれ》は『今の笑い』にこだわってるねん。落語みたいな古くさいもん、よう聴《き》かんわ」

そう言い返すのがつねだった。

漫才《まんざい》は、若手《わかて》が新ネタをどんどん作る。でも、落語は、江戸《えど》時代に作られたような古い古いネタをいまだにやっているらしい。「芸術鑑賞《げいじゅつかんしょう》」で聴《き》いた落語も、船場《せんば》の旦那《だんな》がどうのこうの駕籠《かご》がどうのこうの長屋がどうのこうのと、忠志が聞いたこともない単語がばんばん出てくる、とんでもなく古くさい話だった。

おとんみたいな中年はともかく、落語が俺《おれ》を満足させられるわけがない。忠志はそう思っていた。

それだけではない。なによりも「芸術鑑賞《げいじゅつかんしょう》」のとき、感想を書けと教頭に言われて、素直《すなお》に、

「つまらんかった。二度と聞きたくない。漫才《まんざい》のほうが百倍おもろい」

と書いたら、

「この感想は、ナントカさんにお渡《わた》しするんですよ。こんなこと書いたら、気を悪くするでしょうが！」

と散々しかられたあげく、書き直しを命じられたことが苦い思い出になっているのだ。しかたなく、

「つまらんことなかった。二度と聞きたくないことないです。漫才《まんざい》のつぎぐらいにおもろい」

と書いたが、あれ以来、落語というものには近づきたくない、耳に入れたくない……そういう気持ちなのだ。

「せっかくやけど、時間ないから、また今度でええわ。ほな、俺《おれ》、これで……」

「ま、ま、ままま……そう言わんと、そこに座《すわ》り。ほれ、ちょうどええ石があるやない。そこに腰《こし》かけんかい」

「でも、俺《おれ》」

「座《すわ》れ」

「いや、俺《おれ》」

「座《すわ》れ。──おい、わしが座《すわ》れちゅうとんのやさかい座《すわ》らんかい。それともなにか、わしの言うことがきけん、ちゅうんか」

「そういうわけでは……」

忠志は石の上に腰《こし》をおろしながら、

(かなんなあ……ほったらかして逃《に》げてもええんやけど、このおじいに悪いし……)

またしても忠志の「押《お》しに弱い性格《せいかく》」が出てしまった。

「ぼんに、落語のおもしろさをわかってもらうには、なにがええかいな。──よっしゃ、決めた。『平林《たいらばやし》』にしよ」

老人は、地べたに正座《せいざ》すると、よく響《ひび》く大きな声で話しはじめた。

「ええ……しばらくのあいだおつきあいを願います。今でこそ、字が読めん、てなひとは日本国中探《さが》してもほとんどいてまへんやろが、昔は字が読めん、書けんというかたがぎょうさんおられたようで……『これ、定吉《さだきち》、定吉……』」

道のまんなかで、老人が正座《せいざ》して落語をし、それを子どもがひとり、座《すわ》って聴《き》いている。なんとも妙《みよう》な光景である。

（なんで「嫌《いや》や」て、はっきり言われへんのやろ。困《こま》ったなあ……だれかに見られたら恥《は》ずかしいわ）

そんなことを思いながら下を向いていた。しかし、老人のほうは一向に気にしていないらしく、機嫌《きげん》良くしゃべり続ける。

「なんや、そこにおったんか。おまえは返事がうれしいな。奉公《ほうこう》してるときは、立つよりも矢声《やごえ》というて、返事がいちばんや。朝起きるときでも、そやで。定吉起きなさい、と言われたら、起きるのが少々遅《おそ》なってもかまへんさかい、返事だけはいちばんにしなされや」

どうやら「定吉」という子どもと、主人である「旦那《だん》さん」が会話しているらしい。

（どうせおもろないやろ……）

そう思いながら聴《き》いていた忠志だったが、予想通り、古臭《ふるくさ》い言葉遣《ことばづか》いが連発だ。奉公《ほうこう》とか矢声《やごえ》とか、なんのことだかよくわからない。やっぱり落語なんて現代《げんだい》には通用しない、しょうもない……。


「定吉、お使いにいてきましょ」

「またですか」


忠志は、うっかり笑いそうになった。自分が父親に、

「ネギが切れたから市場で買《こ》うてこい」

とか、

「小麦粉がないさかい、大至急買《だいしきゅう》いにいけ」

とか言われるたびに、内心、

（またか）

と思っているので、定吉の気持ちがよくわかったのである。

その瞬間《しゅんかん》、忠志はこの話にぐいと引《ひ》っ張《ば》り込《こ》まれた。落語に「つかまれた」感じだった。

どうやら、時代は江戸《えど》時代のようだ。丁稚《でっち》の定吉が、主人からお使いをたのまれる。その内容は、「本町《ほんまち》の平林《ひらばやし》さん」まで手紙を届《とど》けなさい、というものだった。

あ、念のために説明しておくが、丁稚《でっち》というのは、江戸《えど》時代、商人の店に住《す》み込《こ》みで働いている子どものことである。十歳《さい》ぐらいで親もとを離《はな》れ、おとなに混《ま》じって奉《ほう》公《こう》する。長く勤《つと》めていると、手代《てだい》、番頭……と次第《しだい》にえらくなっていくのだ。

主人と定吉の会話は、声のトーンを少し変えるだけで表されるが、主人はおとなしく、定吉は子どもらしく聞こえる。酔《よ》っぱらってろれつの回らない爺《じい》さんがダミ声でしゃべっているのに、なぜかいつのまにか爺《じい》さんの姿《すがた》は消え、旦《だん》那さんと定吉が会話している光景が浮《う》かんでくる。

定吉は、ものすごく忘《わす》れっぽい。だから、何度も主人から、相手先に伝える言葉を口移《くちうつ》しで習うのだが、そのたびに忘《わす》れてしまう。しかも、定吉は自分が物覚えが悪いことを棚《たな》にあげて、主人をからかうのだ。次第《しだい》に怒《おこ》りだす主人。いたずらっぽい定吉。ふたりのやりとりが熱を帯びていくのが、老人の表情《ひょうじょう》や目の輝《かがや》き、口調などでいきいきと伝わってくる。

「お使いの口上を私《わたし》が口移《くちうつ》しで教えてあげるさかい、あとについて稽古《けいこ》してみなはれ。『本日はけっこうなお天気さんでございます』と」

「ほ、ほ、本日はけっこうなお天気さんでございますと」

「いやいや、そんなとこに『と』はいらん」

「戸がなかったら障子《しょうじ》にしときまひょか」

「戸も障子《しょうじ》もいらん」

「けど、開けっ放しは用心が悪い」

「いらんこと言わんでええねん。『本日はけっこうなお天気さんでございます』」

「ほ、本日はけっこうなお天気さんでございます」

「それでええのや」

「それでええのや」

「いらんこと言わんでええ、ゆうたやろ！」

（ごっつ、おもろいやん！）

「平林《たいらはやし》」というネタがわかりやすい、というせいもあったが、それだけではない。漫才《まんざい》とのちがいに、忠志は気づいた。

漫才《まんざい》の場合、ボケであれツッコミであれ、ひとりの人間はあくまでひとりの人間だが、落語は、ひとりの人間がふたり、あるいは三人の人間を演《えん》じる。

しかも、切り変わるとき、服を着替《きか》えたり、かつらをかぶったりするわけではなく、顔を右から左へちょっと動かす……たったそれだけのことで、何人もの登場人物が描《えが》きわけられ、目のまえでいきいきと動いている。

（これは、お芝居《しばい》とか映画《えいが》よりすごいかも。だって……全部ひとりでやってるんやからな）

それに、舞台装置《ぶたいそうち》もない。照明もない。効果音《こうかおん》もない。ズームアップもない。

ないないづくしなのに、なぜかそこに「ある」ように思えるのだ。

「ごちゃごちゃ言うてんと、使いに行ってこい！」

「へーい！」

ようやくお使いに行く定吉だが、案《あん》の定《じょう》、途中《とちゅう》でお使いの行き先を忘《わす》れてしまった。

あわてた定吉は、手紙のおもてに書いてある宛先《あてさき》をだれかに読んでもらうことにした。

自分で読めばいいじゃないかって？

ところが、定吉は字が読めないのだ。

江戸《えど》時代には、そういうひとはけっこういたらしい。

定吉が最初にたずねたひとは、

平林

という漢字を見て、

「上の字が『たいら』、下の字が『はやし』やから、『たいらばやし』さんや」

と教えてくれた。

でも、どうもそんな名前ではなかったような気がする。

つぎにたずねたひとは、

「上の字が『ひら』、下の字が『りん』やから、『ひらりん』さんや」

そんな名前でもなかったような……。

三番目にたずねたひとは、

平→一+八+十
林→木+木

とばらばらに読んで、

「上の字が『一八十《いちはちじゅう》』、下の字が『木木《もくもく》』やから、『いちはちじゅうのもくもく』さんや」

だんだんめちゃくちゃになってきた。

四番目にたずねたひとは、

「上の字が『一《ひと》つ、八《やっ》つ、十《とお》』、下の字が『木木《きいきい》』やから、『ひとつとやっつでとっきっき』さんや」

いよいよむちゃくちゃだ。

まともな読み方をするひとはひとりもいない。それどころかどんどん変になっていく。それにつれて、話もどんどん盛《も》り上《あ》がっていく。いつのまにか忠志は定吉になりきっていた。


いろんな名前教えてもろたなあ。でも、どれがほんまやらわからへん。困《こま》ったなあ、どないしよ。——あ、そや。これ、みんな順番に言うて歩いたろ。そしたら、親切なひとが、定吉さん、こっちやで、て呼《よ》んでくれるかもわからん。そないしよ。

「たいらばやしかひらりんか、いちはちじゅうのもくもく、ひとつとやっつでとっきっきっ！」

これ、おもろいなあ。

「たーいらばやしかひらりんか、いちはちじゅうーのもーくもく、ひとつとやっつでとっきっきっ！」

だんだんおもろなってきた。今日は一日中こうして歩いたろ。

「たーいらばやしかひらりんかー、いちはちじゅうーのもーくもくっ、ひとつとやっつでとっきっきーっ！」


老人は座《すわ》ったまま両手をあげて踊《おど》るような手つきをし、ひざを動かして足の動きを表現《ひょうげん》し、あたりに轟《とどろ》くようなドラ声で何度も、

「たーいらばやしかひらりんか！」

と叫《さけ》ぶ。その馬鹿馬鹿《ばかばか》しくも熱のこもった大げさな身振《みぶ》り手振《てぶ》りを見ていると、忠志はなんだか感動がこみ上げてきた。ひざの先を動かしているだけなのに、なぜか定吉が踊《おど》っているのが「見える」。しかも、この爺《じい》さんはたったひとりの子どものためにここまで熱演《ねつえん》してくれているのだ。

（なんじゃこれ！　おもろい……おもろい……めっちゃおもろいやん！）

古くさい、しょうもないものだろうと思っていた落語だったが、とんでもなかった。途中《とちゅう》から忠志はげらげら笑いだしてしまい、最後は地面を両手で叩《たた》いて爆笑《ばくしょう》していた。

オチを言ったあと、

「どや、おもろかったか」

老人はそう言った。忠志はうなずいた。ほんの十五分ほどのネタだったが、ジェッ

トコースターに乗ったような気持ちだった。

老人はにやりとして、

「そやろ。落語、好きになってくれたか」

忠志はもう一度力強くうなずいた。

「ほな、わしは行くわ。ぼんも気ぃつけて帰りや」

老人は立ち上がると、着物の裾《すそ》をはたき、帯をぎゅっと締《し》め直《なお》した。なにかお礼を言わないと……と思ったが、夢《ゆめ》からたった今覚めたような気分の忠志は、とっさには言葉が出てこなかった。しかし、今言わないと老人が帰ってしまうと思い、

「うん……うん、お、おもろい落語、聴《き》かせてくれてほんまにありがとう。――お爺《じい》さんはどこに住んでるのん」

「わしか……わしはな、そこに神社、あるやろ」

「彦八《ひこはち》神社のこと？」

「そや」

彦八《ひこはち》神社は、裏通《うらどお》りのひっそりとした場所にある、小さな小さな神社だ。お化けが出る、とか、狐《きつね》が出る、とか、落《お》ち武者《むしゃ》の幽霊《ゆうれい》が出る、とかいった噂《うわさ》があり、忠志たちはあまり近づかない。

「あの神社の神主《かんぬし》さんか？」

「そうやない。あそこの境内《けいだい》の裏手《うらて》に、大きな碑《ひ》があるやろ」

「ひ……？」

「石に、なんか字が彫《ほ》ってあるやつや」

「ああ、あれか」

「だいたい、あの碑《ひ》のあたりにわしはおる。あそこは落語の稽古《けいこ》にはちょうどええ場所なんや。けど、そのことはだれにも言うてはならんぞ。ぼんの家族にも内緒《ないしょ》や」

「ふーん……」

あんなとこに住んでる、ておかしいなあ、と言おうとしたとき、

「あれ？」

今の今まで目のまえにいたはずの老人の姿《すがた》が、いつのまにか消えていた。

（どこ行ったんや……）

まるで幽霊《ゆうれい》のように、暗闇《くらやみ》に溶《と》け込《こ》んでしまった。もちろん、そんなはずはない。

（酔《よ》っぱらっていたけど、案外足速いんかもな）

忠志は、首をかしげながら家へと急いだ。

ようやく「居酒屋《いざかや》・笑酔《しょうすい》」の提灯《ちょうちん》の明かりが見えた。店のまえに置かれた黒板には、

下手くそな字で「今日のおすすめ。かつおたたき、焼《や》き穴子《あなご》、カンパチ刺身《さしみ》」と書かれている。恐《おそ》る恐《おそ》る戸を開けながら、

「ただい……」

まー、と言おうとしたが、それにかぶせるように、

「こらあああっ！　今までどこほっつき歩いとったんじゃ！　わしの知らんまに、小学校は夜までやるようになったんか」

背後《はいご》から声がした。振《ふ》り返《かえ》ると、父親の忠太郎《ちゅうたろう》が立っていた。

「おとん、なんでここにおるん」

「おまえが帰ってけえへんから迎《むか》えにいっとったんや。ほんま、心配させやがって……なにしとったんじゃ」

「あの……その……えーと……ら、落語聴《き》いとったんや」

「ウソつけ。わしが落語好きやから、落語聴《き》いとった言うたら許《ゆる》してもらえると思とるかもしらんが、そうはいかんぞ」

「そんな策略《さくりゃく》使う気ない。マジで落語聴《き》いてたんや」

「だまされるかい」

「ほんまやて。――『平林《たいらばやし》』っておもしろいなあ」

居酒屋
手動
今日のおすすめ
かつおたたき
焼き穴子
カンパチ刺身

忠太郎はけげんそうな表情《ひょうじょう》になり、

「おまえ……ほんまに落語聴《き》いとったんか。どこでや」

「そこで」

「そこ、て……道端《みちばた》でか」

「知らんお爺《じい》さんが、一席やってくれたんや」

「アホなこと言うな。そんな物好きおるかい」

言いながらも忠太郎は腕《うで》を組み、

「なんかようわからんが、落語のおもしろさがわかったのはええことやけど、暗くなるまえに早《はよ》う帰ってこなあかんぞ」

「わかってる」

まだなにか言いたそうだったが、父はぶすっとした顔で話を切り上げ、忠志にも家に入るよううながした。

店に出る忠太郎とわかれ、忠志は入り口を入ってすぐにある階段《かいだん》を二階へ上がって、ランドセルを置き、父親のレコード棚《だな》のまえに立った。三段《だん》のカラーボックス数個《すうこ》にぎっしりとレコードや本がつめこまれている。

落語が好き、と広言するだけあって、忠太郎は落語のレコード、テープ、CD、本

などをたくさん持っている。これまでは興味《きょうみ》がなくてさわったこともなかったか、
(平林《たいらばやし》、平林《たいらばやし》……あった!)
忠志は一枚《まい》のレコードを引《ひ》っ張《ぱ》り出《だ》した。「爆笑上方《ばくしょうかみがた》落語・笑酔亭粋梅独演会《しょうすいていいきうめどくえんかい》」と
いうタイトルのそのレコードには、「平林《たいらばやし》」と「らくだ」、二席の落語が入っていた。
そして……。
「うわあっ!」
忠志はひっくり返りそうになった。そのジャケットのどまんなかで、豪快《ごうかい》に笑って
いるのは……。
「あ、あ、あのジジイや!」
そう、その人物はまさしくあの老人だった。さっきよりもかなり若《わか》く見えるのは、
だいぶまえに吹《ふ》き込《こ》まれたレコードだからだろう。
(大名人ゆうとったけど、本物の落語家やったんか。うまいはずや……)
そこへ、忠太郎が煙草《たばこ》を吸《す》いに上がってきた。店は禁煙《きんえん》なので、ときどき一服する
ためにこうやって二階にやってくる。父は、すぐさま忠志が手にしているものに反応《はんのう》
した。
「おい! おまえ……そのレコードどないしたんや」

「聴《き》きたいねん。どないしたら音出るの？」

忠太郎はとたんに笑顔《えがお》になり、

「聴《き》きたいやと？　う～む……よっしゃ。わしが教えたろ。ＣＤやｉ－Ｐｏｄやのうて、たまにはレコードもええもんやぞ」

ホコリのかぶったステレオ装置《そうち》のふたを開け、丸い台にレコードをセットして、ボタンを押《お》すと、レコードがくるくると回りはじめた。忠太郎が、そこに針《はり》を落とすと、シャリシャリシャリ……という雑音《ざつおん》が聞こえてきた。

「これや。このシャリシャリがレコードのたまらん魅力《みりょく》なんや」

わけわからん。なんでシャリシャリがええねん？

「これ、『平林《たいらばやし》』入っとるやつやな。おまえが路上で『平林《たいらばやし》』聴《き》いとった、ゆうのはほんまやったんか」

「せやから、ほんまやて言うたやろ。この爺《じい》さんが落語やってくれたんや」

忠志がジャケット写真を指差しながらそう言うと、

「な、なんやと……？」

忠太郎は急に怖《こわ》い顔になり、

「なに言うとんねん！　でたらめ抜《ぬ》かすな」

「でたらめやない。こんなごつい、獅子舞《ししまい》みたいな顔、ぜったいまちがえるかい」

「お、おまえ、ついてええウソと悪いウソがあるんやぞ！」

忠太郎はこぶしを振《ふ》り上《あ》げた。ふだんの忠志なら、目をつむって、両手で頭を抱《かか》えるところだ。

しかし、忠志はひるまなかった。胸《むね》を張《は》り、顔を突《つ》き出《だ》すと、

「俺《おれ》はウソ言うてへん。おとん、殴《なぐ》りたかったら殴《なぐ》れ。けど、俺《おれ》はこのジジイに会《お》うて、落語してもろたんや！」

「…………」

父親はこぶしをだらりと下げ、

「その爺《じい》さん、どんな風やった？」

「べろんべろんに酔《よ》っぱらってた」

忠太郎の顔がこわばった。

「忠太郎！　いつまで油売っとんねん！　注文ぎょうさん聞いとんのやーっ」

一階の店から、おばあの声が聞こえてきた。忠太郎は立ち上がると、部屋を出ていこうとした。

「おとん、この爺《じい》さん、知り合いなんか？」

父親はすこしためらってから、

「わしの師匠《ししょう》や」

3 サダキチ誕生《たんじょう》

「――師匠《ししょう》？　おとん、落語家やったんか？」

忠太郎《ちゅうたろう》はそれには答えず、

「師匠《ししょう》は、十年まえに失踪《しっそう》して、それっきり消えてしもたんや。――おまえ、その爺《じい》さん、どこに住んでる、とか言うとったか」

彦八《ひこはち》神社……という言葉が喉《のど》まで出かかったが、約束を思い出して、忠志《ただし》はそれを飲《の》み込《こ》んだ。

「いや……なんにも聞いてない」

「そうか……そうか……」

もう一度、はよ降《お》りてこんかい！　というおばあの声がして、しぶしぶ忠太郎は階《かい》段《だん》を降《お》りていった。

忠志はそのあと、何度もくりかえして「平林《たいらばやし》」を聴《き》いた。やっぱりおもしろい。同じレコードに入っていた「らくだ」というネタも聴《き》いた。「平林《たいらばやし》」にくらべると三倍ぐらいある長い長い落語だが、これもものすごくおもしろかった。ふたりの酔《よ》っぱらいが出てくるのだが、忠志にはそれがあのべろんべろんに酔《よ》っていた老人の姿《すがた》とだぶるのだった。

（あの爺《じい》さんの口調とか声……このレコードとそっくりや。やっぱり「笑酔亭粋梅《しょうすいていいきうめ》」やったんかなあ）

しかし、それから忠志が、なぜ笑酔亭粋梅を「師匠《ししょう》」と呼《よ》ぶのか、と父親をしつこく問いつめても、忠太郎はなにも話してはくれなかった。おじいとおばあも「右へならえ」で、サザエのように口を閉《と》ざした。

そして、とうとうお楽しみ会の当日になった。

「自信がない、て……あんなにふたりで練習したやないか」

「このネタ、やっぱりおもろないわ。俺《おれ》、練習しながらずーっとそう思っとったんや」

「そんなことない。いけるって」

「あ、あかん。足ふるえてきた。あかんわ、あかん……」

真一《しんいち》は涙目《なみだめ》になっている。

「お、俺《おれ》、ぜったい出えへんからな。スベるんやったら、おまえひとりスベれ」

「アホ、ひとりで漫才《まんざい》できるかい」

あと三十分で会がはじまるというのに泣きながら「一生のお願い」を連発する真一に、クラスの友だちが、なんやなんやもめごとか、と集まってきた。来なくてもいいクラス委員の俊彦《としひこ》まで寄《よ》ってきた。

真一はぐちゃぐちゃ言うし、クラス委員の俊彦はごちゃごちゃ言うし、だんだんいらいらしてきた忠志は、思わず「落語する」宣言《せんげん》をした。自信はなかったが、半分やけになってとにかく言うだけ言ってみたのだ。

「やめとけ。スベって恥《はじ》かくだけやぞ」

「みんな、楽しみにしてる会や。おまえの自己満足《じこまんぞく》のためにむだな時間使うなや」

「できんことを、意地張《は》ってできるて言うな。おまえ、落語なんかやったことないやないか」

口々にそう言われたが、忠志は耳を貸《か》さなかった。

「やってみな、わからへん。——俺《おれ》は、やる」

クラス委員の俊彦が、

「ぼくはクラス委員として、お楽しみ会をちゃんと運営《うんえい》する義務《ぎむ》がある。きみ、失敗したらどうすんねん。責任《せきにん》取るんか」

俊彦は、運営《うんえい》とか義務《ぎむ》とか責任《せきにん》とか、すぐにむずかしい言葉を使いたがる。

「取る」

「どうやって取るねん。切腹《せっぷく》でもするんか」

そういえば、父親の忠太郎がときどき、

「うちの先祖《せんぞ》は侍《さむらい》やで。それも、由緒《ゆいしょ》正しい家柄《いえがら》でな、お殿《との》さまからごほうびをもろたひとが何人もおる。なかでも一番手柄《てがら》を立てたのが、清海十郎右衛門《きよみじゅうろうえもん》ゆうおかたで、山賊《さんぞく》を退治《たいじ》したり、大熊《おおぐま》を捕《つか》まえたり、ものすごい豪傑《ごうけつ》やったらしい」

と自慢《じまん》していたのを思い出した。でも、切腹《せっぷく》はさすがに無理だと思う。だって、痛《いた》そうだ。忠太郎が盲腸《もうちょう》の手術《しゅじゅつ》をしたときの話を聞いただけで、おなかがむずむずしてくるのに、まして自分でお腹《なか》を切るなんて……。

「切腹《せっぷく》は勘弁《かんべん》したる。けど、なにか責任《せきにん》の取り方を決めてくれないと……」

「うーん……」

忠志が考《かんが》え込《こ》んでいると、

「一週間、トイレ掃除《そうじ》させよか」

「アホ、そんなん生ぬるいわ。一週間給食なしや」

「クラス全員の宿題してもらう、ゆうのは？」

「あの『凶暴《きょうぼう》ペリカン』の小屋に一日中入ってもらお」

こいつら……好きなこと言いやがって……。でも、アレだけは困《こま》る。アレ……とはつまり「逆立《さかだ》ち」だ。今までだれにも言ったことはないが、忠志が一番苦手とするもの、それが逆立《さかだ》ちなのだ。頭を下にして手だけで立つなんて、考えただけでもぞっとする。アレだけは言い出さないで……。

「そや、逆立《さかだ》ちで運動場十周……」

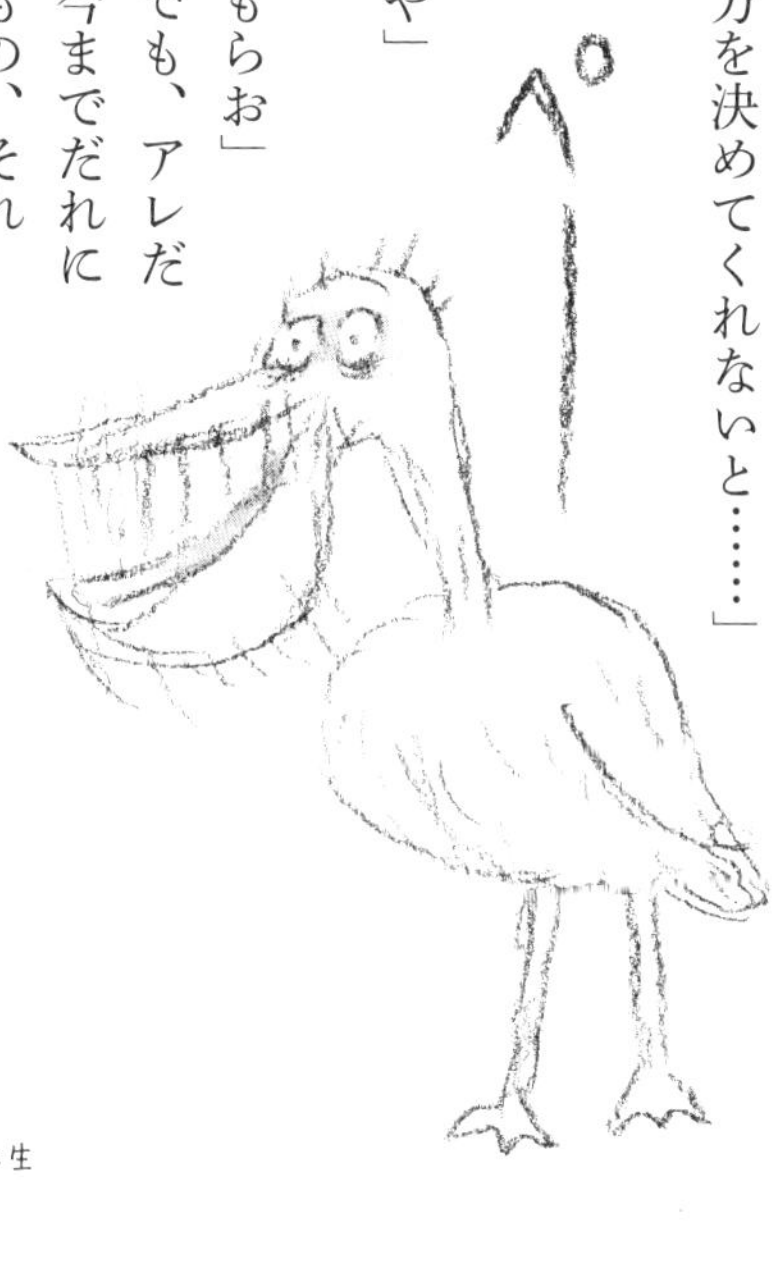

だれかが言いかけたのをさえぎるようにして、忠志は叫《さけ》んだ。

「よし……坊主《ぼうず》になったる！」

しーん、とした。

しまった、と思ったが、もう遅《おそ》かった。こういうのって、なんていうんだっけ。白菜盆《ぼん》に……えーと……。

集まっていた皆《みな》も、どう反応《はんのう》していいのかわからずだまっていると、

「ええやん、ここまで清海くんが言うてるねんから、やらしたろ」

最初に口を開いたのは吉永恵子《よしながけいこ》だった。女子サッカー部のキャプテンを務《つと》めている恵子は、こういうときも物怖《ものお》じせず、はきはきと口をきく。

俊彦が露骨《ろこつ》に舌打《したう》ちをして、恵子をにらみつけた。

「恵子、おまえ、無責任《むせきにん》なこと言うなよ。こいつのせいで、お楽しみ会が悪い空気になってしもたら、どうするつもりや」

恵子は、俊彦に顔をぐんと近づけ、

「ふんっ！」

と荒《あら》い鼻息を吹《ふ》きかけた。

「な、な、なんや」

「清海くんがスベったら、私も坊《ぼう》主《ず》になったげる。それで文句《もんく》ないやろ！」

　男前！　忠志は心のなかで拍手《はくしゅ》した。

「あ……ああ、そ、それやったら……ええか」

　恵子の勢《いきお》いに押《お》されて、俊彦もとうとううなずいた。恵子は、忠志に向かって親指を立てて、ウインクした。

　これでもう、あとにはひけない。やるしかないのだ。

「さあ、もう準備《じゅんび》できた？」

　キャット先生が教室に入ってきた。俊彦が、漫才《まんざい》が落語に変《へん》更《こう》になったと報告《ほうこく》したが、キャット先生は、

「ふーん、ＯＫ」

それだけだった。

午後の授業《じゅぎょう》開始のチャイムが鳴り、皆《みな》が着席してまえを向いた。

教室には飾《かざ》り付《つ》けなどはないが、黒板いっぱいにゴージャスな花束の絵と「お楽しみ会！！！」という飾《かざ》り文字が描《えが》かれている。マンガ家志望の蓮見結花《はすみゆか》が腕《うで》をふるったのだ。

「それでは、ただいまから五年三組のお楽しみ会をはじめます。プログラム一番は、唯野《ただの》くん、畑中《はたなか》くん、馬場園《ばばぞの》さん、道下《みちした》さん、栗山《くりやま》さんによるヒップホップダンスで、曲は『雷神《らいじん》さん』です！　では、どうぞ！」

俊彦は、丸めたプリントの筒《つつ》をマイクがわりにして、ＭＣを務《つと》めている。ＣＤプレイヤーからヘヴィなリズムが流れ出し、衣装《いしょう》に着替《きか》えた五人のダンサーが踊《おど》り出《だ》した。よほど練習したらしく、なかなかうまい。全員の目がダンスに集中しているのを見計らって、忠志は後ろの出口からそーっと廊下《ろうか》に出た。よそのクラスでもお楽しみ会がはじまっており、拍手《はくしゅ》や笑い声が聞こえてくるなか、忠志は、ひとりで運動場に向かった。

知っているネタはふたつしかない。「平林《たいらばやし》」と「らくだ」だけだ。でも、「らくだ」

は長すぎるし、それに耳で聴《き》いただけだからしぐさがわからない。「平林《たいらばやし》」は短いし、なんといっても目のまえで観《み》たのだ。

でも……。

いくらレコードで何回も聴《き》いたとはいえ、声に出してやってみたことはないし、しぐさもうろ覚えだ。

粋梅がやっていたのを必死で思い出しながら、忠志は冒頭《ぼうとう》から「平林《たいらばやし》」を演《えん》じてみた。

これ、定吉《さだきち》、定吉。へーい。なんや、そこにおったんか。おまえは返事がうれしいな。奉公《ほうこう》してるときは立つよりも矢声《やごえ》というて返事がいちばんや。朝起きるときでもそやで。定吉起きなさいと言われたら、起きるのは少々遅《おそ》なったかてかまへんさかい、返事だけはいちばんにしなはれや。

(意外と覚えてるもんやな……)

算数の公式とか社会の地名はちっとも覚えられないのに、レコードをくりかえし聴《き》いているうちに「平林《たいらばやし》」はひとりでに頭に入っていたようだ。しぐさは、言葉に合わせて、適当《てきとう》につけてみた。これならいけるかも……。

ほな、旦《だん》さん、明日から返事ばっかりして昼まで寝《ね》かしといてもらいま。おまえはほめたらほめ損《ぞん》やな。定吉、お使いにいてきましょ。またですか。またですかというやつがあるか……。

…………。

…………………。

……………………。

やばい。

出てこない。

なんやったかな。またですかというやつがあるか、のつぎはなんやったかな。またですかというやつがあるかまたですかというやつがあるかまたですかと……。

「ああ、ここにおったんか。タダッチ、良太《りょうた》と学《まなぶ》の手品、もうすぐ終わる。つぎ、おまえの番やで」

畑中が呼《よ》びにきた。

「わかった」

もうどうしようもない。出たとこ勝負しかない。忠志は、ぐっとこぶしをにぎり締《し》めると、教室へ向かった。

廊下《ろうか》が普段《ふだん》より長く感じられる。

「つづいてのプログラムは、清海忠志くんの落語『平林《たいらばやし》』です」

教室に入ると同時に俊彦がそう言った。忠志は黒板のまえに置かれた机《つくえ》の上に座《すわ》ると、頭を下げた。座布団《ざぶとん》がないのですねが痛《いた》い。

顔をあげると、クラスメイトの視線《しせん》が四方八方から矢のように突《つ》き刺《さ》さった。なにやるんやろ、ちょい期待……そんな目。こいつ、失敗するぞ……そんな目。どうせおもろないんやろ……そんな目。落語？　落語ってなに？　そんな目。

しゃべりだそうとしたが、口のなかのつばがなくなってしまっていて、唇《くちびる》が開かない。ひざがカタカタふるえている。気がつくと、額《ひたい》に冷たい汗《あせ》をいっぱいかいている。やっぱり無理やったか…………。

パチパチパチ……。

だれかが小さく拍手《はくしゅ》した。それをきっかけに、パチパチ……パチパチ……パチパチパチパチパチパチ……拍手《はくしゅ》の輪が広がっていった。もう逃《に》げることは不可能《ふかのう》だった。

そうや、こうなったらやるしかないんや。失敗してもともと。スベってもともと。やるだけやったれ。

(よし！　やるぞ！)

みんなの視線《しせん》をはねかえし、忠志はしゃべりはじめた。

「えー……しばらくのあいだおつきあいを願います。今でこそ、字が読めん、てなひとは日本国中探してもほとんどいてまへんやろが、昔は字が読めん、書けんというかたがぎょうさんおられたようで……これっ、定吉！　定吉！」

どっ、と笑いがきた。

(え……？　そんなところで笑うん？)

忠志はとまどった。しかし、みんなはたしかに忠志が「定吉」と言っただけで笑ったのだ。なにはともあれ、これでだいぶ気持ちが楽になった(あとできくと、「サダキチ」という聞《き》き慣《な》れない言葉自体がおもしろかったのだそうだ)。

そのあとは、一気呵成《いっきかせい》だった。すらすらと言葉が出てくる。さっきの練習で思い出せなかったところも、なんなくクリアした。

（いける！　俺《おれ》、覚えてるやん！）

忠志はなんだか調子に乗ってきた。


「なんぼなんでも、今現在《げんざい》仕えてる主人を呼《よ》び捨《す》てにするやなんて、もったいのうて、バチが当たって、口がゆがみますわ」

「今日はかまへんのじゃ」

「今日はかましまへんの？　ほたらなあ、佐兵衛《さへえ》」

「だれが『佐兵衛』じゃ」

「せやさかい言うてまんがな。わたいが佐兵衛ゆうたらあかんちゅうのに、佐兵衛が佐兵衛ゆうてもええ、ゆうたさかい、わたいが佐兵衛ゆうたんでっせ。それを佐兵衛が怒《おこ》るやなんておかしいわ。なあ、佐兵衛」


という場面は、いちびりの定吉がおとなをからかうのが自分たちの気持ちにぴったり合ったのか、とくに男子が笑ってくれた。

漢字の読み方をまちがって教えられる場面では、「たいらばやし」→「ひらりん」

ときたところで、

「つぎは『たいらりん』とちがうか」

とか、

「『へいりん』かもわからんで」

などと小声で予想しあうのが耳に入った。それがなんと、「いちはちじゅうのもーくもく」だとわかった瞬間《しゅんかん》、クラス中がドッカーン！と来た。

「アハハハハハハハハ……！」

鳥のようにけたたましい笑い声をあげたのは、唯野だった。涙《なみだ》を流しているクラスメイトもいた。机《つくえ》や椅子《いす》を叩《たた》いているものもいた。あとは、なにを言ってもウケる。

忠志は楽しくてうれしくてしかたなくなってきた。

やけになった定吉が、四つの読み方を全部並《なら》べ立《た》てながら踊《おど》り出《だ》す場面では、途中《とちゅう》からみんなも一緒《いっしょ》になって、

「たーいらばやしかひらりんか！　いちはちじゅーうのもーくもく！　ひとつとやっつでとっきっき！」

と唱えていた。

オチを言い終えて頭を下げると、待ちかまえていたように大きな拍手《はくしゅ》が来た。みん

な大爆笑《だいばくしよう》している。キャット先生も、おなかを押《お》さえて笑っている。俊彦も、真一も笑っている。

（やった……俺《おれ》、やった！）

快感《かいかん》が頭のてっぺんからおしりの穴《あな》までを貫《つらぬ》いた。ひとを笑わせるって、こんなに気持ちええもんなんか……。忠志は、身体《からだ》が熱くなっているのを感じた。

「すごいやないの。清海くん、こんな隠《かく》し芸《げい》あったんやねー」

キャット先生が感心したように言った。ちがうちがう。隠《かく》し芸《げい》なんかやない。今はじめてやったんや。

「タダッチ、すごかったわー」

「落語て、はじめて聴《き》いたけど、おもしろいなあ」

「びっくりしたわ。笑いすぎて、おなか痛《いと》なった」

あの俊彦までが、

「だれでもひとつぐらい取《と》り柄《え》があるもんやな」

素直《すなお》ではないほめかたをした。

「俺《おれ》が漫才《まんざい》やめたおかげで、おまえの落語能力《のうりよく》が開花したんや。俺《おれ》に感謝《かんしや》せえよ」

真一はそう言ったが、たしかに「言えてる」と忠志も思った。

笑いの余韻《よいん》が覚めやらないなか、クラスのみんなが口々に今の落語について話しだし、なかなか最後の出し物の「クイズ」が始められないほどだった。

「オチの意味、ようわからんかったわ」

「俺《おれ》はわかったで。あれはやな……」

「いや、それはちがうやろ」

「あんなん丸暗記したら俺《おれ》でもできるわ」

「おまえになんかできるかい。落語はな、むずかしいんや」

「知ったかぶるなや」

「最初のとこ、おもろかったなあ。なんやったっけ」

「『これ、定吉、定吉』や」

「ははは。サダキチて変な名前やなあ」

「これからタダッチのこと、サダキチて呼《よ》ぼか」

「ええなあ。今日から清海はサダキチや！」

忠志は、その日一日、クラスのヒーローだった。

「たいらばやしかひらりんか……」

の合唱は放課後になってもやまなかった。

帰《かえ》り際《ぎわ》に、恵子のほうをちらと見ると、忠志の視線《しせん》に気づいた恵子は、まわりにわからないように小さく拍手《はくしゅ》をしながら、声を出さずに口を動かした。その口の動きは、

(やったね!)

と読めた。

(しょっぱなの拍手《はくしゅ》は恵子やったんか……)

忠志は、なんだか恥《は》ずかしくなり、そっぽを向いて教室を出た。

忠志は、学校から飛ぶような足取りで家へと向かっていた。一刻《いっこく》も早く、今日のことを落語ファンの父親に教えて自慢《じまん》したかったのだ。

なにかをやりとげたような、なにかがはじまったような、そんな気分だった。

商店街を抜《ぬ》けたあたりで、忠志はふと思った。

(あの爺《じい》さんに報告《ほうこく》したら喜ぶんとちゃうか)

「平林《たいらばやし》」は、あの老人に習ったようなものではないか。そう思うと、急にもう一度あの爺《じい》さんに会いたくなってきた。もしかすると父親との関係も聞けるかもしれない。

忠志は、行き先を変え、彦八《ひこはち》神社に寄《よ》ることにした。

神社は、表通りから二筋《ふたすじ》入った、住宅《じゅうたく》街《がい》の裏側《うらがわ》にある。境内《けいだい》にはほとんど手入れされていない樹木《じゅもく》がおいしげり、昼間でも暗い。陰気《いんき》な雰囲気《ふんいき》が漂《ただよ》う神社に、忠志は足を踏《ふ》み入《い》れた。

目の届《とど》くかぎり、だれもいない。そもそも、人の気配がどこにもない。

塗《ぬ》りのはげた本殿《ほんでん》は、木製《もくせい》の階段《かいだん》が壊《こわ》れており、鈴《すず》をガラガラ鳴らすひもも途《と》中《ちゅう》でちぎれている。

(ほんまに、あの爺《じい》さん、こんなところにいてるんか……)

半信半疑《はんしんはんぎ》で、忠志は本殿《ほんでん》の裏手《うらて》へとまわった。三方をうっそうとした竹藪《たけやぶ》に囲

らかさだ。

まれており、表側よりもいっそう暗い。足もとの砂地《すなじ》も、運動靴《うんどうぐつ》がめりこむような柔《やわ》

（あれ……？）

耳を澄《す》ますと、どこからかひとの声のようなものが聞こえてくる。低く、高く、呪《じゅ》

文《もん》を唱えているような声だ。

（そや……！　ここ、お化けが出るんやった！）

忠志は、お化けや狐《きつね》や落《お》ち武者《むしゃ》の幽霊《ゆうれい》の噂《うわさ》を思い出した。手足が急に寒くなった。

（しもた。俺《おれ》……お化けとカエルが大嫌《だいきら》いなんや）

怖《こわ》い。怖《こわ》いけど忠志の足はとまらず、逆《ぎゃく》にその呪文《じゅもん》みたいな響《ひび》きに向かって引きず

られるように近づいていく。まるで、その声に魂《たましい》をからめとられてしまったようだ。

（お化けなんていないに決まってる。あんなもん全部都市伝説なんや。ウソや。でた

らめや。インチキや。目の錯覚《さっかく》や。お化けなんておるわけない……よね。お化けなん

ておるわけ……ないとは思うけど、その、もし万一、おるんやったら、今ここでは出

てこんといて。お願い……）

いるのかいないのかわからないお化けに最敬礼《さいけいれい》しようとしたとき、

「あっ！」

竹藪《たけやぶ》のなかにうもれるような形で、古い石碑《せきひ》がある。そのまえに正座《せいざ》して、なにやらぶつぶつ言ってるのは、あの老人ではないか。

「……こない丁稚《でっち》使いの荒《あら》い家知《うち》らんわ。金使《つこ》たら減《へ》るけど丁稚使《でっちつこ》ても減《へ》らんさかい、朝から晩《ばん》まで定吉、定吉ゆうて丁稚《でっち》ばっかり使いよる。これ、丁稚《でっち》やさかい持ってるけど、雑巾《ぞうきん》やったらとうにぼろぼろなったある……」

「平林《たいらばやし》」だ。

（なんや、爺《じい》さんが稽古《けいこ》してたんか。やっぱりうまいなあ……）

忠志はホッとして、老人に駆《か》け寄《よ》ろうとした。ほんとうに粋梅本人なのか、直接問《ちょくせつ》いただしたかったのだ。

そのときだ。

老人の

姿《すがた》が

ぶわあん

と

ぶれた

ような気がした。
忠志は目をこすった。
老人の
輪郭《りんかく》が
まるで
テレビが
こわれた
ときのように
ちらつき
ぼやけ
しだいに
薄《うす》くなって……

「ああああっ！」

忠志の見ているまえで、老人の姿《すがた》は煙《けむり》のように消えてしまったのだ。

「あうっ、あうっ、あうあうあう」

忠志はアシカのような声をあげながら、四つんばいになってその場を離《はな》れた。そこからどうやって家まで帰ったのか、まるで覚えていない。

気がついたときには、「笑酔《しょうすい》」の看板《かんばん》代わりの提灯《ちょうちん》の下で、泥《どろ》だらけになって倒《たお》れていたのだ。

服を汚《よご》した、と父親に頭ごなしにしかられ、もうお楽しみ会の報告《ほうこく》どころではなくなった。

洗濯機《せんたくき》を回しながら忠志は、

(俺《おれ》、夢見《ゆめみ》てたんやろか……いや、ちがう。目ぇ覚めてた。けど、ひとが消えるなんてそんなこと……いやいやいや……やっぱり夢《ゆめ》か……いやいやいや……)

さっきのできごとを何度も何度も頭のなかでくりかえしていたが、もちろん答えは出なかった。

4　夕暮《ゆうぐ》れの彦八《ひこはち》神社

忠志《ただし》がお楽しみ会で落語を披露《ひろう》して、めちゃくちゃウケた、という噂《うわさ》はあっという間にほかのクラスにまで広まった。

「なんや、タダッチ。そんな特技《とくぎ》あるんやったら、俺《おれ》らにも聴《き》かせてくれや」

「三組のやつにだけ、ずるいぞ」

昼休み、一組と二組の男子が忠志の席にやってきた。ずるいと言われても知らんがな。忠志が、どう答えたらいいか迷《まよ》っていると、くりくり頭の村本真一《むらもとしんいち》がすっと忠志と彼《かれ》らのあいだに割《わ》り込《こ》んできて、右手の人差し指と中指をメトロノームのようにチッ、チッ、チッ……と左右に動かしながら、

「タダッチやない。サダキチや」

「なんやそれ」

「忠志のあだ名は、こないだからサダキチになったんや」

「なんでやねん」

「サダキチの落語聴《き》いたらわかるわ」

「せやから、聴《き》かせてくれて言うてるやんか」

「そやなあ……どないしよかなあ……」

真一は腕組《うでぐ》みをして行《い》きつ戻《もど》りつし、

「そんなに聴《き》きたい？」

「聴《き》きたい聴《き》きたい」

「それやったら、俺《おれ》が先生に言うて、サダキチの落語会、開催《かいさい》してもろてもええけどな」

真一がそう言うと、

「うわあ、やってくれ。めっちゃ聴《き》きたい」

「『平林《たいらばやし》』希望！」

「俺《おれ》、ほかの落語がええな」

「じゃあ、今回は二席にしよか」

真一の勝手すぎる発言を聞いて、さすがに忠志も立ち上がり、

「ちょ、ちょっと待ってくれ。俺《おれ》、そんなことやる気ないからな」

一組と二組の男子は口々に、

「なんでやねん。やってくれや忠……やない、サダキチ」

「たのむわ、サダキチ」

真一が大きくうなずいて、

「ふっふっふっ……みんながそこまで言うんやったら、サダキチ師匠《ししょう》もまさか嫌《いや》とは言わんやろ。――なあ、師匠《ししょう》」

「だれが師匠《ししょう》や。だいたい俺《おれ》はな……」

「まあまあまあまあまあまあまあ……ここは俺《おれ》に任《まか》せとけ」

キーンカーンコーンケーン……昼休み終了《しゅうりょう》のベルが鳴った。

「ほな、頼《たの》むでサダキチ」

「めっちゃ楽しみにしてるからな」

「つぎの授業《じゅぎょう》、音楽室や。はよ行かなベートーベンにキレられるで」

そう言いながら一組と二組の男子が行ってしまったあとで、忠志は真一につめよった。

「おい……おまえ、いつから俺《おれ》のマネージャーになったんや」

「なんのことかなあ」

「俺《おれ》、落語会やるなんて、一言も言うてへんぞ」

「ええやないか。みんなが喜ぶんやから」

「こないだはたまたまうまいことといっただけや。つぎはどうなるかわからへん」

真一は、忠志の肩《かた》をぽんと叩《たた》き、

「そんなこと気にすんな。だんどりは全部俺《おれ》がする。おまえは落語をやることだけに集中したらええ」

「アホか。俺《おれ》、そんなもんやらへんからな」

そして放課後、忠志が帰りじたくをしていると、吉永恵子《よしながけいこ》がすーっと音もなく近づいてきて、忠志の耳もとに口を寄《よ》せ、

「清海《きよみ》くん、落語会やるんやってね。私《わたし》ももっぺん聴《き》きたかったから、うれしいわ。がんばってや」

「えっ……………だれがそんなこと言うとった？」

「キャット先生や。さっき、今日の職員《しょくいん》会議で正式に決める、て言うてはったで」

忠志はあわてて、先に帰ろうとしていた真一を下駄箱《げたばこ》のところでようやく捕《つか》まえた。

「どういうことや」

「え？　なにが？」

「とぼけるな。キャット先生が、落語会をやる、て言うてたらしいやないか」

「もう知ってるんか。早耳やな。――じつは、そうやねん。俺《おれ》が、あんなおもしろいもんを三組だけでひとりじめするのは不公平や、て言うたら、先生も、そうやねえ……けど、忠志くんがどう思うかやけど……て言うたから、忠志もめっちゃやる気です、て言うといた」

「勝手なこと、すんなや！」

「もう遅《おそ》いわ。いまごろ、職員《しょくいん》会議にかかってるはずや」

「落語なんかあかん、いうことになるかもしれへんやろ」

「ならへんな。キャット先生は、忠志くんがやる気なんだったら、先生もがんばる、言うとった。あの先生が、こうと決めたらてこでも動かへんこと知ってるやろ。それにもし、せっかく決まったのに、おまえが『やらへん』て言うてみ。キャット先生、困《こま》りはるでー」

「そ、そうかな……」

たしかに、それは先生に申《もう》し訳《わけ》ない。忠志は、腹《はら》をくくるしかなかった。

「わかった。やったるわ。そのかわりこれで最後やで」

「へへへ、タダッチ……やなかった、サダキチ師匠《ししよう》やったらそう言うと思とったわ」

こうして忠志は、またしてもひとまえで落語をすることになった。来週の金曜日の午後だから、あと十日しかない。図画工作の先生が休むので自習になるはずだったのを、三クラスでやりくりして、時間を作ったのだ。

どうせなら本格的《ほんかくてき》なほうがいい、とキャット先生が提案《ていあん》したらしく、場所も講堂《こうどう》を使い、「高座《こうざ》」という舞台《ぶたい》も作るのだそうだ。

「もちろん清海くんには着物を着てもらいますからね」

キャット先生や真一がはりきればはりきるほど、忠志にプレッシャーがのしかかってきた。

(スベったらどないしょ。ごっつおもろい、ゆう評判《ひょうばん》やったけど、なーんやこんなんか、たいしたことないなあ、て言われたらどないしょ。どないしょどないしょ……)

この前はいきなりだったのでぶっつけ本番だったが、今度はそうはいかない。

(稽古《けいこ》や。稽古《けいこ》しかない)

でも、どういう風に稽古《けいこ》すればいいのかまるでわからない。父親にはなんとなくききにくい雰囲気《ふんいき》があったし、あれ以来笑酔亭粋梅《しょうすいていいきうめ》らしき老人の姿《すがた》も見かけていない。忠志は、藁《わら》にもすがる思いで図書室から、『落語と私《わたし》とあなた』という小学生のための入門書を借りてきた。落語には江戸《えど》落語と上方《かみがた》（関西）落語があることや、落語は江戸《えど》時代に大阪《おおさか》と京都で生まれた芸であること、たったひとりで大勢《おおぜい》のひとを演《えん》じ分ける芸は世界でも珍《めずら》しいことなど、忠志が知らないことばかりが書かれていた。そんななかに、落語家はひとつの落語を何度も口のなかでくりかえす「ネタ繰《く》り」ということをする……というくだりがあった。

（そうか、とにかくくりかえしたらええんか……）

忠志は、たったひとつのレパートリーである「平林《たいらばやし》」を毎日毎日ネタ繰《く》りした。何度も何度も何度もくりかえすうちに、「落語を思い出す」のではなく、ひとりでに口から落語がこぼれ落ちていることにふっと気づく……『落語と私《わたし》とあなた』にはそう書かれていたが、なかなかその域《いき》には達しない。

「こらあ、忠志！」

ある夜、忠志が二階の壁《かべ》に向かってネタを繰《く》っていると、父親の忠太郎《ちゅうたろう》が怒鳴《どな》り声《ごえ》とともにふすまを開けた。

「なんやねん、今、いそがしいんや」

「これはなんじゃ！」

忠太郎は、丸めた紙の束を振《ふ》りかざしている。それを見た瞬間《しゅんかん》、忠志は、

（ヤバい……！）

と思った。

「ためてた新聞紙捨《す》てよ、と思《おも》て、整理してたら、なかから落ちてきたんや」

わちゃー。

「おまえ、わしがちょっとまえに『最近、テスト返ってけえへんな』言うたら、『言うてへんかった？　あの学校、テストなくなったんや』て言うたなあ」

「おかしいと思うのが普通《ふつう》の親や。おとん、ふーん、そうなんかて納得《なっとく》しとったやないか」

「やかましい！　これ、なんやねん。0点、10点、23点、0点、0点、8点……むちゃくちゃやないか！」

「あ、あのな、うちの学校、テストは全部30点満点なんや」

「ドアホ！　百点満点でも30点満点でも、0点は0点じゃ！」

それはそうだ。

「テストで0点取るのもあかんけど、それを隠《かく》そうとする根性《こんじょう》がいちばんあかん。おまえ、明日から塾《じゅく》へ行け」

「じゅ……塾《じゅく》?」

「そや。近所の赤松《あかまつ》先生とこ知ってるやろ」

赤松塾《じゅく》は、赤松豪三郎《ごうざぶろう》という講師《こうし》がひとりでやっている学習塾《がくしゅうじゅく》だ。出来の悪い子には容赦《ようしゃ》なくゲンコツの雨を降《ふ》らせるスパルタ式の指導法《しどうほう》で知られ、クラスメイトのあいだでは、

「赤松塾《じゅく》に行かされたら、もう『終わり』」

と言われているほどだった。

「赤松先生、うちの常連《じょうれん》さんなんや。もう話は通してあるから、明日から行け。わかったな」

「え?　あの……俺《おれ》……落語会……」

「じゃかあしい!　成績《せいせき》上がるまで、落語も漫才《まんざい》もコントも新喜劇《しんきげき》もあるか!」

「おとん、まえに言うとったやないか。小学生のうちは遊ぶのが仕事や。成績《せいせき》は、そんなに良うなくてもええ……」

「程度《ていど》もんじゃ!　ええか、このままやったらおまえはアホな小学生として卒業して、

アホな中学生になって、アホな高校生になって、アホなおとなになって、アホな会社に入って、アホな嫁《よめ》はんもろて、アホな老後を送ることになるんやぞ。それでもええんか」

「あははは……それ、けっこうおもしろそう……」

「ボケ！　おまえはお気楽か！」

「けど、おとん、アホな子ほどかわいい、て……」

「わしはアホの親でいとうない。とにかく必死で勉強せえ。赤松塾《じゅく》であかんかったら、つぎは関西能力《のうりょく》研究会に入れるからな！」

　関西能力《のうりょく》研究会といえば、あの灘万《なだまん》中学の合格率《ごうかくりつ》ナンバーワンの大手進学塾《しんがくじゅく》だ。

忠志は、ぞっとして身ぶるいした。

「ああ……なんでこんなことになったんや」

　翌日《よくじつ》の放課後、忠志は赤松塾《じゅく》への道をとぼとぼ歩いていた。

「おかしい。今の学歴社会はおかしい。テストの点数がすべてなんか。人間の値打《ねう》ちは成績《せいせき》で決まるんか。勉強さえできたらええんか」

テレビのコメンテーターが言うようなことを忠志はつぶやいた。たしかに0点を立て続けにとってしまったのは申しわけなかった。申しわけない、と思ったからこそ、それを新聞紙のあいだに隠《かく》したのだ。親にいらぬ心配をかけたくなかったのだ。それも一種の親孝行《おやこうこう》ではないか。

（あんなに怒《おこ》るなんて……おとんも、ただの「おとな」やなあ……）

塾《じゅく》のまえまで来たとき、なかから猛烈《もうれつ》な怒鳴《どな》り声《ごえ》が飛び出してきた。

「アホンダラ！　なんべん言うたらわかるんじゃ。台形の面積求める公式は（上底＋下底）×高さ÷2やろが。この図形は三つの台形とひとつの円に分解《ぶんかい》できる。それぐらいのこと、わからんのやったら、豆腐《とうふ》のかどに頭ぶつけて死んでしまえ！」

怖《こわ》ーっ！　怖《こわ》ーっ！　ぜーったい行きたくない。いや、行かない。忠志はそう思った。

しかし、このまま帰ったのでは、塾《じゅく》に行かなかったことがばれてしまう。

どうしよう。どうしよう。どうしようどうしよう。

思《おも》い悩《なや》みながら、あちこち歩き回っているうちに、忠志はいつのまにか彦八《ひこはち》神社のまえに来ていた。塾《じゅく》に行きたくない気持ちが、忠志を境内《けいだい》へと向かわせた。夕方なので薄暗《うすぐら》いのは当然だが、鳥居《とりい》を一歩くぐると、急にあたりの暗さが増《ま》したような気がした。

(「平林《たいらばやし》」に出てくる定吉《さだきち》は、こんな思いしたことないやろなあ……)

忠志はふとそう思った。

(江戸《えど》時代はええなあ。俺《おれ》、江戸《えど》時代に生まれたらよかったわ……)

塾《じゅく》どころか学校もないはずだ。テストもないはずだ。先生もいないはずだ。子どもは朝から晩《ばん》まで野山を駆《か》けまわって遊び放題だろう。それに、江戸《えど》時代の親はきっと、勉強しろとかうるさく言わなかったにちがいない。台形の面積の求めかたも、ヨウ素《そ》反応《はんのう》も、都道府県の名前と県庁所在地《けんちょうしょざいち》も、江戸《えど》時代に暮《く》らしていくにはきっと必要ないからだ。

忠志は本殿《ほんでん》の裏手《うらて》へ向かった。竹藪《たけやぶ》に立つ石碑《せきひ》が目に入る。

(そや……こないだあの爺《じい》さんが……)

消えてしまったように見えた、あの石碑《せきひ》だ。今日はあの爺《じい》さんはいない。

物足りない気持ちで、忠志は石碑《せきひ》に近づいた。

(たしか、ここでこうやって座《すわ》って、稽古《けいこ》してたな)

同じように正座《せいざ》してみる。なんとなく落ち着く。

(俺《おれ》もやってみよか……)

落語会のことが頭にあったからだと思うが、ここに座《すわ》ると、あの爺《じい》さんをまねて落語をしたくなってきた。

「しばらくのあいだおつきあいを願います。これ、定吉、定吉……」

家や学校の帰りよりもずっとネタ繰《く》りに集中できる。父親のことも、成績《せいせき》のことも、そして落語会のことも、なにもかも忘《わす》れて忠志は落語のなかに溶《と》け込《こ》んだ。まるで落語と一体になったみたいなすごい快感《かいかん》だった。いつのまにか、そこが神社の裏手《うらて》であることも、塾《じゅく》へ行く途中《とちゅう》であることも頭から消えていた。

「こないに丁稚《でっち》使いの荒《あら》い家《うち》知らんわ。金使《つこ》たら減《へ》るけど、丁稚使《でっちつこ》ても減《へ》らんもんやさかい、朝から晩《ばん》まで丁稚《でっち》ばっかり使《つこ》うてけつかる。丁稚《でっち》やさかいに持ってるねん。雑巾《ぞうきん》やったらとうの昔にボロボロになってしもてるで。――あ、えらいことしてしもた。ぼやいてるうちに、また名前忘《わす》れてしもたがな。ききに帰ったらなんぼほど怒《おこ》られるやわからへんし……あっ、そや。この手紙、だれぞに見せて読んでもらお。えーと、どこぞに字の読めるようなひとは……。――すんまへーん、ちょっとおたずねしますけど……」

ふわん、という、身体《からだ》が浮《う》いたような感覚があった。

足もとにあったはずの地面が消えた。

ふわん。
ふわん。
ふわん。
ふわん。
ふわん。
ふわんふわんふわんふわんふわんふわん。
ふわふわふわふわふわふわふわふわ。
ふわ。
ふわ。
わ。
わ。
わ。
わ。
わ。
わ。
わ。

わわわわわわわわわわわわわわわわわわわわわわわわわわ。

わ。

わ。

わ。

わ。

わ。

わ。

わ。

わ。

わ。

わ。

わ。

わ。

わ。

わ。

わ。

わ。
わ。
わ。
わ。
わ。
わ。
わ。
わ。
わ。
わ。
わ。
わ。
わ。

ど――――ん！

5 ナニジダイ?

（痛《い》ててて……）

最初に襲《おそ》ってきたのはお尻《しり》の痛《いた》みだった。尾《び》てい骨《こつ》がずきずきする。目をあけると、もうもうと白い砂《すな》ぼこりが上がっている。

（あれ？　俺《おれ》、気ぃ失ってたんか……？）

一瞬《いっしゅん》、いや、もっと長い時間かもしれないが、記《き》憶《おく》が途《と》切《ぎ》れている。

（どこかから落ちたんかな……？）

さっきの「どーん！」という音は、お尻《しり》が地面にぶつかったときのものなのか。足もとがなくなって、身体《からだ》が落ちていくような感覚があったけど……いや、そんなはずはない。自分は地べたに座《すわ》っていたはずだ。あちこちを見回す。目のまえには石碑《せきひ》がある。もとの彦八《ひこはち》神社の境内《けいだい》だ。なんだかちょっと、本殿《ほんでん》の建物が新しくなっているようだが、気のせいかもしれない。

どこにも怪我《けが》はしていないようだ。なにがあったのかよくはわからないが、少し怖《こわ》くなってきた忠志《ただし》は立ち上がり、お尻《しり》をぱんぱん払《はら》うと、逃《に》げるように鳥居《とりい》をくぐって神社から出た。

（塾《じゅく》、行くか）

忠志はそう思った。なんだか、今の衝撃《しょうげき》でいろんなことが吹《ふ》っ切《き》れた。塾《じゅく》は嫌《いや》だけど、忠太郎《ちゅうたろう》が行けと言うのだから、とりあえず行ってみよう。どんな先生で、どんなやり方なのか、一応《いちおう》は知ったうえで、本当に無理だったら、「俺《おれ》は行かない」と主張《しゅちょう》するべきだ。中身も知らずにゴネたり、一日目からサボるのはひきょうな気がする。

（よし……！）

忠志は、塾《じゅく》に戻《もど》ろうと、通りを歩きはじめた。夕方だったはずなのに、やけに太陽が高い。

（――あれ？）

おかしい。この通りって、こんなに道幅《みちはば》が狭《せま》かったっけ。しかも、地面が舗装《ほそう》されてない。土がむき出しになっている。工事かなにかで、舗装《ほそう》をわざとはがしたのだろうか。ごつごつしていて歩きにくい。そのうえ、通りの左右に並《なら》んでいる家に見覚えがない。たしか、ほぼ同じような見た目の二階建ての一戸建てが多かったように思ったが、今見るとなぜか、時代劇《じだいげき》に出てくるような木造《もくぞう》の家ばかりになっている。柱も壁《かべ》も入り口も、なにもかも木でできている。二階のある家は少なく、ほとんどが平屋だ。門はなく、もちろん門灯やチャイムもない。テレビのアンテナもついていない。それに……窓《まど》にガラスがはまっている家が一軒《けん》もない！

待てよ。並《なら》んでいる家の見た目もおかしいが、電柱や街灯、信号、角にあったはずの一方通行の標識《ひょうしき》もなくなっているではないか！

（目がおかしくなったのかな……）

あわててごしごしと目をこすったが、目の錯覚《さっかく》ではないようだ。

（まさか、さっきのショックで、頭が変になった、とか……）

早足で進んでいくうちに、何人かとすれちがった。一人目は和服を着た若《わか》い男のひとだった。粋梅師匠《いきうめししょう》のような年寄《としよ》りならともかく、若者《わかもの》で和服というだけでも珍《めずら》しいが、驚《おどろ》いたことに、そのひとは頭にちょんまげを結《ゆ》っていた！　相撲取《すもうと》り……いや、体格《たいかく》からしてちがうだろう。そう思っていると、二人目にすれちがったのは、これも和服を着た中年の男性《だんせい》だった。またしてもちょんまげだ。

（おかしいな……近所でコスプレ大会でもあるのかな……）

だんだんちぐはぐな感じが強くなってきた。三人目がまたまた和服で、しかも女のひとで、しかもしかも、髪《かみ》の毛《け》を結婚式《けっこんしき》で見るような形に結《ゆ》っている。いわゆる「日《に》本髪《ほんがみ》」というやつだ。

（舞妓《まいこ》はん……？）

ここは京都ではない。四人目にすれちがったのは、和服を着たお爺《じい》さんで、これまたちょんまげを頭にのせていた。ありえない。全員が和服だなんて。路上で着物のファッションショーをやってるのか？　和服で変な髪型《かみがた》のひとたちはみんな、忠志をじろっとにらみつけるようにして、けれど無言で通《とお》り過《す》ぎていく。

どどどどどういうことだ。どどどどどうなっているのだ。忠志は混乱《こんらん》しはじめた。

（ここは日本だ。みんなが和服でもおかしいことはないぞ。俺《おれ》だってお祭りの日は浴衣《ゆかた》を着るし、女のひとは成人式のとき振袖《ふりそで》を着る。落語家は普段《ふだん》だって着物を着てる。でも、髪《かみ》

型《がた》は…………………………そ、そうか！）

きっとこの通りで、時代劇《じだいげき》のロケが行われているのだ。だからすれちがうひと、ちがうひと、和服を着て、ちょんまげや日本髪《にほんがみ》を結っているのだ。みんなが忠志をにらみつけているのは、

（撮影中《さつえいちゅう》なのに、一般人《いっぱんじん》がどうしてこんなところにいるんだ）

と思っているからだろう。忠志が知らないうちに、時代劇《じだいげき》用のセットを組み、映《うつ》り込《こ》んでは困《こま》る電柱や街灯をうまいことやって隠《かく》したのだ。そうだそうだ、そうとしか考えられない。これこそ、この不可解《ふかかい》な状況《じょうきょう》を説明する唯一《ゆいいつ》の理屈《りくつ》ではないか。でも、街並《まちな》みを変えてしまうなんて、そんなことができるのだろうか。それに、そもそもカメラマンや監督《かんとく》さん、音声さんなどはどこにいるのだろう。

（ということは、撮影《さつえい》してるんじゃなくて、「太秦映画村《うずまさえいがむら》」とか「日光江戸村《にっこうえどむら》」みたいな、時代劇《じだいげき》のテーマパークみたいなものが急に路上に…………できるわけないよな）

電柱や街灯を「隠《かく》す」仕掛《しか》けがどこかにあるのではないか……忠志が目を皿のようにして地面を見つめながら歩いていると、

「痛《いた》っ！」

おでこをなにかにぶっつけて、ひっくり返ってしまった。しかも、「痛《いた》っ！」とい

うのは自分の声ではない。あわてて起き上がると、そこに忠志と同い年ぐらいの男の子が同じようにひっくり返っていて、痛《いた》そうにおでこをなでている。縞柄《しまがら》の和服に帯を締《し》め、エプロンのような前掛《まえか》けをつけている。まるで『落語と私《わたし》とあなた』に出てきた「丁稚《でっち》」そっくりの恰好《かっこう》だ。子役だろうか。目が小さく、鼻がコブタのように上を向いている。

助け起こそうと手を差《さ》し伸《の》べると、おびえたような顔で忠志を見つめ、

「い、いらんいらん、自分で起きますっ」

そう言うと、大あわてでぴょん！　と立ち上がったが、目は忠志をロックオンしたままだ。足には、先のちびた下駄《げた》をはいており、手には風呂敷包《ふろしきづつ》みを持っている。

「あの……今、撮影《さつえい》してるん？」

忠志が声をかけるとますますおびえたらしく、風呂敷《ふろしき》を持った手だけをまえに突《つ》き出《だ》して、へっぴり腰《ごし》でととととと……と後ろに下がり、

「い、異人《いじん》とちがうんか。日本の言葉、しゃべりよる」

つぶやくような声で言った。異人《いじん》というのは、たしか外国人のことじゃなかったっけ……。この、どこから見ても「日本人そのもの」の顔をした忠志を外国人と見間違《みまちが》えるなんてありえるだろうか。

「異人《いじん》やない。俺《おれ》は日本人や」

「嘘《うそ》つけ！　そんなけったいな恰好《かっこう》した日本人おるわけない」

けったいな恰好《かっこう》……？　忠志は自分の姿《すがた》を見直した。はじめて塾《じゅく》に行くのだからと、いつもよりまじめなデザインのTシャツに青いデニムパンツ。ごく普通《ふつう》の服装《ふくそう》である。Tシャツには英語で「I《アイ》　LOVE《ラブ》　NEW《ニュー》　YORK《ヨーク》」と書いてあったが、

（まさかこれ見ただけで、アメリカ人と思ったんとちがうやろな）

どっちかというと、路上で丁稚《でっち》の恰好《かっこう》をしているほうが「けったい」だろう。

「おまえのほうが変やないか。そんな、丁稚《でっち》みたいな恰好《かっこう》して」

「だって……丁稚《でっち》やもん」

「役の話やないねん。おまえ、芝居《しばい》してるんやろ」

「芝居《しばい》？　役者の真似《まね》なんかしたら、番頭はんにしかられるわ。――あ、番頭はんで思い出した。はよお使い行かな、また帰りが遅《おそ》いいうてどやされるねん」

「いつまで芝居《しばい》してるんや。丁稚《でっち》の役はもうええねん」

「もうええ、言うたかて、丁稚《でっち》やからしゃあないやろ」

「丁稚《でっち》やない」

「丁稚《でっち》や」

「丁稚《でっち》やない」

「丁稚《でっち》や」

「丁稚《でっち》やない」

「丁稚《でっち》や」

これではらちがあかない。息切れした忠志は、

「丁稚《でっち》か丁稚《でっち》でないか、丁稚《でっち》でもええわ」

それは「どっち」である。忠志はあたりを見回し、

「マイクとかカメラはどこや」

「おまえ、やっぱり異人《いじん》やろ。なに言うてるのかようわからん」

「これ、撮影《さつえい》やないんか。なんかの宣《せん》伝《でん》か？」

「わけのわからんこと言うな。わてはお使いの途中《とちゅう》やねん」

いつまでたっても相手が丁稚《でっち》を演《えん》じ続《つづ》けているので、忠志はだんだん腹《はら》が立ってきた。

「ほたら、おまえはほんまもんの丁稚《でっち》や、て言いはるんやな」

「あったりまえやがな。さっきから丁稚《でっち》やて言うてるやろ。わては高麗橋紀州屋《こうらいばしきしゅうや》の友《とも》吉《きち》や」

「まだ言うか」

忠志は、友吉と名乗った少年の髪《かみ》の毛《け》をつかんでぎゅーっと引《ひ》っ張《ば》った。カツラを取ってやろうと思ったのだ。しかし……。

「痛《いた》い痛《いた》い痛《いた》い。なにすんねん!」

「取れへん……。これ、カツラとちがうんか」

「アホ! カツラのわけないやろ。おまえ、ほんまにわてのこと役者やと思てるんか?」

たしかにその毛は友吉の頭から生えていた。撮影《さつえい》でもないのに、道が狭《せま》くなり、舗《ほ》装《そう》がなくなり、家並《いえな》みも古い木造《もくぞう》の家ばかりになり、電柱や街灯も消えた……ということは……。

「お、おい……ひょっとしたら……」

さっきからのいろいろなことを考え合わせると、もしかしたら……もしかしたら……。

(俺《おれ》……昔の時代にタイムスリップしてしもたんやないやろな……)

怖《こわ》くなってきた忠志は、友吉につめよった。

「今、何時代や!」

「な、ナニジダイてなんのことや」

友吉は、忠志の剣幕《けんまく》に一歩後ずさりした。

「だから……ほら、江戸《えど》時代とか戦国時代とか」

「なに言うてるのかわからんけど……ここは江戸《えど》やないで。大坂《おおさか》や」

そうか、江戸《えど》時代に生きている人間に、今は何時代か、ときいても、江戸《えど》時代だとは答えないだろう。○○時代というのは、あとになってからだれかが名づけるものだからだ。

「あの……あの……西暦《せいれき》……ではわからんやろな。今は何年や」

「それやったら文政《ぶんせい》二年や」

「ブンセイ?」

聞いたことはないから、明治《めいじ》よりまえの年号だろうが……。

（うわあ、来年やったらわかったかもしれんのに……）

歴史を習うのは六年生になってからだ。しかし忠志は、おじいがテレビで歴史番組を見ていても、なんで昔のこと勉強せなあかんねん、人間は「今」が一番大切や、そんなことを言って、チャンネルをお笑い番組に変えていた。いまさらながらにそれが悔《く》やまれる。どうすれば、今がいつごろかわかるだろうか……。

（あ、そや！）

将軍《しょうぐん》の代をきけば、だいたい見当がつくはずだ。

「将軍《しょうぐん》は何代目や」

このときばかりは友吉のほうが忠志につめよった。

「おい、おまえ、将軍《しょうぐん》、なんて軽々しい口にすな。バレたら、番小屋に連れてかれるで」

「ほな、なんて呼《よ》ぶねん」

「上《うえ》さま、に決まってるやろ」

「今の上《うえ》さまは何代目や」

友吉は呆《あき》れたように、

「十一代家斉《いえなり》公や。おまえ、やっぱり異人《いじん》とちがうか」

「ちょっとど忘《わす》れしただけや」

十一代というと、たぶんかなりあとのほうだろう。

(やっぱり、ここ、江戸《えど》時代や。俺《おれ》、ほんまにタイムスリップしてしもたんか……)

ついさっき、江戸《えど》時代に生まれたらよかった、と思ったばかりだが、いざ来てみるとこんなに不安なものだとは……。

(なんでこんなことになったんやろ。どうやったら戻《もど》れるやろ。このまま一生戻《もど》れんかったらどないしょ。どないしょ、どないしょ、どないしょ……)

「うわあああああっ!」

友吉が突然《とつぜん》、大声を出したので、忠志はびくっとした。

「なんやねん、びっくりするやないか」

「うわあああ、ど忘《わす》れした! えらいこっちゃ!」

「ど忘《わす》れしたんは俺《おれ》や。もう思い出した。家斉《いえなり》公やろ」

「そやないねん。お使いの行き先、ど忘《わす》れしてしもたんや。どないしょ、どないしょ、どないしょ」

友吉は頭を抱《かか》えている。

「わて、物覚えがめちゃめちゃ悪いねん。いつもお使いの行き先忘《わす》れてしもて、番頭さんにどつかれるねん。せやから今日は、店出るときから、口のなかでずーっと、行き先のお店《たな》の名前を唱えてたのに……おまえとぶつかった拍子《ひょうし》に忘《わす》れてしもたやないか。どないしてくれるねん！」

　そんなん知らんがな。

「店に戻《もど》って番頭はんに『わて、どこに行くんでしたかいな』てきこうものなら……あのセコい番頭のこっちゃ、おまえはまた忘《わす》れたんか、あれほど行き先忘《わす》れるなて百《ひゃく》万遍《まんべん》も言うたのにこの始末や、ド性根《しょうね》に入るように今日はこのそろばんで仕置きをします、てなことに……うわあ、そろばんでどつくのだけは勘忍《かんにん》してほしいわ。あれ、めちゃくちゃ痛《いた》いねん」

　友吉はへたへたとその場に座《すわ》り込《こ》み、

「もしかしたらご飯抜《ぬ》きかもしれん。蔵《くら》に放《ほう》り込《こ》まれるかもしれん。ああ……今日はしくじらんとこ思て、一生懸命《いっしょうけんめい》覚えたのに……」

　とうとう泣き出してしまった。同い歳《どし》ぐらいの子どもがくすんくすん泣いているのを見て、忠志はつい、

「よっしゃ、俺《おれ》もいっしょにおまえの行き先探《さが》したる」

　そう言って胸《むね》を叩《たた》いた。友吉はふところから手ぬぐいを出して涙《なみだ》と鼻水をふき、

「え？　ええのん？　力貸《か》してくれるのん？」

「任《まか》しとけ」

いつもの安請《やすう》け合《あ》いだ。この世界のことはなにも知らない、どうやったらもとに戻《もど》れるのかもわからない、そんな状況《じょうきょう》で人助け……とは思ったが、困《こま》っているひとがいると見て見ぬふりができない性分《しょうぶん》だからしかたがない。

「おおきにおおきに。ありがたいわあ。──けど、おまえ、どこのだれや？」

「俺《おれ》か。俺《おれ》は……」

未来の国からやってきた正義《せいぎ》の味方清海《きよみ》忠志だ、と言いたいところだったが、今のところ、この時代においては完全にアウェイだ。素性《すじょう》を軽々しくしゃべってはいけない。そんな気持ちが働き、

「さ、定吉《さだきち》や」

「定吉？　なーんや、おまえも丁稚《でっち》かいな。けったいな恰好《かっこう》してるさかい、ええしのぼんかと思たがな。緊張《きんちょう》して損《そん》したわ」

ええしのぼん、というのはきっと、お金持ちの家の子ども、ぐらいの意味だろう。丁稚《でっち》仲間とわかったとたん、友吉の表情《ひょうじょう》が急に親しみをおびた。

「なんで、俺《おれ》が丁稚《でっち》てわかるんや」

「はあ？　わかるに決まってるやないか。おまえの名前、定吉やろ」

「そや」

「やっぱり丁稚《でっち》やがな。丁稚《でっち》は、店に入ったら、友吉とか亀吉《かめきち》とか定吉とか、下に『吉《きち》』の付く名前を付けてもらうやろ」

「――え？　定吉とか友吉ゆうのは、本名やないんか？」

「おまえ……ほんまに丁稚《でっち》か？　なんにも知らんすぎるやないか」

「で、丁稚《でっち》や。俺《おれ》は、清海町《きよみちょう》のビリケン屋の丁稚《でっち》や」

「ビリケン屋？　そんな店、聞いたことないけどな……」

「ま、まあ、そんなことどうでもええやんか。今はおまえの行き先を探《さが》すほうが大事やろ。くわしく事情《じじょう》を教えてくれ」

「そ、そやな。――わては、紀州屋ていう古手屋《ふるてや》の丁稚《でっち》やねん」

「古手屋《ふるてや》てなんや」

「定吉っとん、古手屋《ふるてや》知らんのかいな。どえらい物知らずやなあ。古手屋《ふるてや》ゆうのは古着屋のこっちゃ。番頭はんの言いつけで、お得意さんにお使いに行く途中《とちゅう》なんや」

「届《とど》けもんか？」

「せやねん。この風呂敷《ふろしき》に入ってる古着を届《とど》けるとこや。――けど、どこに届《とど》けるんやったか、すっくり忘《わす》れてしもた」

そんなことを言い合っているあいだも、行《い》き交《か》う人々は皆《みな》、忠志の異様《いよう》な風体《ふうてい》をじろじろ見ながら行《い》き過《す》ぎていく。

「定吉っとん、なんでそんな服着てるんや」

「なんで、て……べつにええやないか。どんな服着ようと勝手やろ」

「そらそやけど、悪目立ちしてるで」

「これは、うちの店で今度売り出すことになった舶来《はくらい》の洋服や。俺《おれ》は宣伝《せんでん》のために着てるんや」

口からの出まかせは、忠志の得意中の得意だった。

「舶来《はくらい》？　ああ、南蛮渡来《なんばんとらい》のことか。——わてのこと助けてくれるつもりやったら、悪いけど、これに着替《きか》えてくれへんか。髷《まげ》はしかたないとしても、せめて服だりでも替《か》えといたほうがええ」

友吉は、風呂敷包《ふろしきづつ》みのなかから、子ども用の着物を取り出した。

「嫌《いや》や、そんな……」

時代劇《じだいげき》みたいな恰好《かっこう》……と言おうとしたが、考えてみればこの時代ではこっちが普《ふ》通《つう》なのだ。

「嫌《いや》かもわからんけど、そのまま歩いてたら騒《さわ》ぎになるで。お上《かみ》に召《め》し取《と》られるかもしらんで」

いくらなんでもTシャツにジーパンを着てるぐらいで、まさか、とは思ったが、友吉の真剣《しんけん》な表情《ひょうじょう》を見ていると、

(そういうこともあるかもしれない)

と思えてきた。奇怪《きかい》な服装《ふくそう》をして市中を騒《さわ》がした罪《つみ》軽からず……とか、理屈《りくつ》はいくらでもつけられるだろう。江戸《えど》時代に来て早々、捕《つか》まって牢屋《ろうや》行きは御免《ごめん》だ。

「わかった。——けど、商売もんやろ。ええんか?」

「かまへん。大騒《おおさわ》ぎになるよりましや。そのかわり、汚《よご》さんといてや」

路上で着替《きか》えるのは恥《は》ずかしかったが、そんなことを言ってる場合ではない。忠志は大急ぎで着物を着ようとした。しかし、帯の締《し》め方《かた》がわからず、友吉の恰好《かっこう》を見ながら適当《てきとう》にやってみた。自分ではうまくできたつもりだったが、友吉はため息をつき、

「こんなに着物着るの下手くそなやつ、見たことないわ。いつも、こんなんか?」

「うちの店は、異国《いこく》のものばっかり扱《あつこ》うてるから、普段着《ふだんぎ》も洋服なんや」

「ふーん、変わってるなあ」

そう言いながら、友吉は忠志の着付けを直してくれた。

着物を着てみると、少しだけこの世界になじんだような気がする。いつまでこっちにいなければならないのかわからないが、腹《はら》をくくったほうがよさそうだ。もしかしたら、ここでの暮《く》らしも悪くないかもしれない。勉強のできない忠志でも、この時代ならすごい物知り扱《あつか》いだろう。字が読めるだけでも神さま扱《あつか》いかもしれない。学校も塾《じゅく》もテストもない。もしかしたら、ものすごくラッキーなことになったのでは……。まさに、あの気楽で楽しい落語の世界ではないか！

（落語……そうや！）

6「平林《たいらばやし》作戦」

忠志《ただし》は友吉《ともきち》に言った。

「手紙かなにか、預《あず》かってないんか」

もし、友吉が先方への手紙を持っているなら、「平林《たいらばやし》」のように宛《あ》て先《さき》をだれかに読んでもらえばいい。いや、忠志にも読めるはずだ。

「添《そ》え状《じょう》やったら持ってるけど、相手の名前は書いてないで」

「念のために、それ、見せてくれ」

友吉は、風呂敷《ふろしき》を解《と》いて、一通の手紙を取り出した。宛《あ》て名《な》がなくても、手がかりにはなるかもしれない。そう思って、中身を読もうとしたが、

（――読めない！）

そこに筆と墨《すみ》で書かれた字は、忠志の知っているひらがなでもカタカナでも漢字でもない、くにゃくにゃした、ミミズに墨《すみ》をつけて紙のうえを競争させたとしか思えないような続け字で、なんと読むのかまるでわからなかった。

「なんやねん、これ、字か？」

忠志がそう叫《さけ》ぶと、友吉はけげんそうな顔で、

「定吉《さだきち》っとん、字ぃ知らんのか」

「字は知ってる。けど、これは字やない。——おまえは読めるんか？」

「あたりまえやがな。これはやな、麻袷《あわせ》一、襦袢《じゅばん》一、子ども用木綿単衣《もめんひとえ》もの一、裂《さ》き織帯《おりおび》一、股引《ももひき》一……て読むんや。この風呂敷《ふろしき》に入ってる古手《ふるて》の目録やな」

そう言えば国語の教科書に、昔のひとが書いた「オクノホソミチ」とかいう本の中身の写真が載《の》っていたが、そこに書かれていたのがこんな字だった。

（たしか草書体とか崩《くず》し字《じ》とかいうんやったっけ……）

この難《むずか》しい字を丁稚《でっち》がすらすら読めるのか。「平林《たいらばやし》」を聞いたかぎりでは、江戸《えど》時代の子どもは字が読めないのかと思っていたのだが……。

「友吉っとん、えらいな。これが読めるやなんて」

「アホ。こんなもんだれでも読める。字ぃ読まれへんかったら、帳面もつけられへんし、仕事にならんやないか」

そりゃそうだ。

「定吉っとん、ほんまにこれ、読まれへんの？　アホやなあ」

江戸《えど》時代の子どもにアホ呼《よ》ばわりされるのは心外だ。いくら成績《せいせき》が悪くても、小学校で毎日勉強させられているのだ。アホとはなんだ、アホとは。

「あのな、言うとくけど、俺《おれ》は異国《いこく》の字ぃも読めるんやで」

忠志はそう言って胸《むね》を張《は》った。といっても、Aはエー、Bはビー、Cはシー……とアルファベットが読めるだけなのだが、読めるにはちがいない。これで恐《おそ》れ入《い》ったか……と思ったが、友吉は言下《げんか》に否定《ひてい》した。

「そんなもん、なんにも偉《えろ》ないわ。異国《いこく》の字が読めても、日本の字が読めんようなやつ、役に立たんやろ。――定吉っとん、ちゃんと寺子屋行っとったんか？」

「寺子屋？」

「おい、まさか寺子屋も知らんのやないやろな。子どもは六つか七つになったら、みんな、近所の寺子屋に行かされるんや」

「そ、そ、それくらいわかってるわい。寺にある小屋やろ。神社にある小屋は神社小屋や」

「なにをむちゃくちゃ言うとんねん」

「お、俺《おれ》の近所には寺子屋も神社小屋も物置小屋もなかったんや。ド田舎《いなか》やったからなあ」

「田舎《いなか》でも寺子屋ぐらいあるやろ」

「あ、あったけどな……全部火事で焼けてしもたんや。それに、俺《おれ》、田舎《いなか》から大阪《おおさか》に来たばっかりやから……」

「かわいそうに。それでおまえ、なーんにも知らんのやな。ほな教えたるわ。寺子屋いうのはな……手習いするとこや」

友吉は、アホにものを教えるようなゆっくりした口調で言った。

「手習いて、なにを習うねん」

「まずは、読み書きそろばんやな。わての行ってたとこは、坊《ぼん》さんが先生やったさかい、厳《きび》しかったでえ。すぐに物差しでビシッて叩《たた》かれるんや。おかげでいつも、手の甲《こう》が真っ赤に腫《は》れてたわ」

「ひとを叩《たた》く先生なんか最低やないか」

ビリケン小学校には、ゴリラゾンビをはじめ怖《こわ》い先生はたくさんいるが、体罰《たいばつ》を与《あた》える先生はひとりもいない。

「しゃあない。先生とか坊主《ぼうず》とかゆうのは、ひとを叩《たた》くのが仕事や」

「そ、そうかなあ……」

寺子屋は、塾《じゆく》よりもしんどいかもしれない。

「そんな痛《いた》い目にあうんやったら、寺子屋なんか行かんかったらええやないか」

忠志は、赤松塾《あかまつじゆく》のことを思いながら、そう言った。

「読み書きそろばんが人並《ひとな》みにできんかったら、奉公《ほうこう》に上がられへんがな。丁稚《でっち》になるもんは、みーんな寺子屋に行くんや」

「でも、丁稚《でっち》になったらもう、勉強はせんでええんやろ？」

「はあ？」

友吉の目が丸くなった。

「さ、定吉っとん、おまえんとこの店、勉強せんでええんか？」

「あ、いや……うちはその……」

「たいがいの丁稚《でっち》は、十歳《さい》ぐらいで奉公《ほうこう》に出たら、店の仕事から旦那《だんな》や嬢《いと》はんのお供《とも》で荷物持ち、ぼんの子守りに掃除《そうじ》、お使い……朝から晩《ばん》までこきつかわれて、ちょっとでも暇《ひま》があったら商《あきな》いのための読み書きそろばんを番頭はんに稽古《けいこ》させられるねん。ほかに、金・銀・銅《どう》の両替《りようがえ》のやり方とか、主人に仕えるいろんな行儀《ぎようぎ》とか、店で扱《あつこ》うてる品もんの値打《ねう》ちとか、商売の符牒《ふちょう》とか……覚えなあかんことなんぼでもあるで。寝《ね》る間《ま》がないさかい、昼間ずっーとうとうとしてるわ。居眠《いねむ》りしたら、番頭はんにどつかれるし、さっぱりわやや。ほんま、丁稚《でっち》使いの荒《あら》い店やで。金使《つこ》たら減るけど、丁稚使《でっちつこ》ても減《へ》らんもんやさかい、朝から晩《ばん》まで丁稚《でっち》ばっかり使《つこ》うてけつかる。丁稚《でっち》やさかいに持ってるねん。雑巾《ぞうきん》やったらとうの昔にボロボロになってしもてるで」

　思わず忠志はぷっとふき出した。「平林《たいらばやし》」のセリフそのままではないか。

「けど、それだけ働いたら、給料はいっぱいもらえるんやろ」

「給料？　給金のことか？」

　忠志がうなずくと、

「定吉っとん、おまえ、世間知らずもたいがいにしいや。おまはんとこの店は知らんけど、丁稚《でっち》ゆうのはお金はもらえんのやで」

「ええーっ！　マジか」

「丁稚《でっち》は、まだ見習いやさかい、お金は盆暮《ぼんく》れにちょっとした小遣《こづか》いをもらうだけや。ときどき、お使いのお駄賃《だちん》もらうことあるけど、焼きイモ買《こ》うたらおしまいや」

「じゃあ……タダ働きっていうこと？」

「そらそや。わてら、三度のご膳《ぜん》もいただいて、お仕着せの着物も着せてもろて、お布団《ふとん》に寝《ね》かせてもろて、読み書きそろばんも教えてもろて……そのうえ給金までもらえるわけがないやろ」

「仕事してるのに、お金もらわれへんほうがおかしいやん。好きなものも買われへんし、親に仕送りもでけへん。お父さんお母さん、家に帰ったらいつも怒《おこ》ってるんとちがう？」

友吉は、忠志を不思議そうに見つめると、

「家に帰ったら、て……奉公《ほうこう》に出たら、年に二回しか家には帰られへんのやで」

「年二回だけ？　ほな、一回の休みは長いんやろ」

「アホ！　一回につき一日だけや」

「えええーっ、じゃあ一年に二日しか休みはないの？」

「そうや」

友吉はこともなげに言うと、

「定吉っとんとこは、そんなにしょっちゅう休みもらえるんか？　給金もくれるんか？」

「いや、うちも休みは二回や。給金ももらわれへん。あったりまえやんか、丁稚《でっち》やもん」

あわてて言いつくろったが、友吉がなんだかあやしそうな目で忠志を見ているので、

「そんなことより、友吉っとんの行き先、早よ見つけよ。な、な、な」

急《せ》かしてごまかしたあと、

「けど、向こうの名前を覚えてないし、手紙にも書いてないんやったら探《さが》しようがないな。いつも行くお得意さんはだいたいわかってるやろ。それを順番にあげていったら、そのうち思い出すんとちがうか」

「無茶言うな。主だったところだけで百もあるんや。全部覚えてるかいな」

「けど……なんか手がかりがあるはずや。俺《おれ》に会うまで、ずっと口のなかで唱えてたんやろ。頭の字だけでも思い出されへんか？」

「えーと、なんやったかなあ……ここまで出かかってるんやけど」

友吉はしばらく考《かんが》え込《こ》んでいたが、

「――ああっ！」

「思い出したんか？」

「ケロケロ、イハチイハチや！」

友吉の顔は晴れやかだったが、忠志にはなんのことだかわからない。

「なんや、その、ケロケロ……てカエルみたいな名前」

「名前やない。覚える目安や。わてがあんまり物覚えが悪いさかい、番頭はんが『ええ目安を教えたろ』て言うてくれはったんや」

なんのことだかわからない忠志に、友吉は勢《いきお》い込《こ》んで、

「番頭はんが、今日お使いに行く店の名前を、『こうやって覚えたらわかりやすいやろ』いうて教えてくれたのが、『ケロケロ、イハチイハチ』やねん。――わかった？」

わからん。

「ほな、その店の名前は『ケロケロ、イハチイハチ』ゆうんか？」

友吉はじれったそうに、

「そんな変な名前の店あるかい。ちがうがな。これは目安やて言うたやろ」

首をかしげる忠志に、友吉は説明した。

「おまえはなんにも知らんさかい教えたるけどな、漢字て、バラバラにしたらカタカナの組み合わせになることあるねん」

「それぐらい知ってるわ」

「平林《たいらばやし》」で学習済《ず》みなのだ。

「番頭はん、その店の名前の漢字をバラしてカタカナにしてくれたんやけど、それだけではわてが覚えられんやろからいうて、よう似《に》たべつの言葉に置きかえてくれはったんや。それが『ケロケロ、イハチイハチ』やねん」

「なんでそんなもんが覚えやすいねん」

「番頭はんの名前、伊八《いはち》ていうねん。それに、顔がカエルにそっくりなんや」

忠志は、カエルに似《に》た顔の番頭が一生懸命《いっしょうけんめい》友吉に説明しているところを想像《そうぞう》した。

「なるほどなあ。それやったら忘《わす》れへんやろ」

「その目安まで忘《わす》れてしもたらあかんから、店から出たら、ずっと口のなかでこれをお経《きょう》みたいに唱えとったのに、おまえとぶつかった拍子《ひょうし》に案《あん》の定《じょう》忘《わす》れてしもた。けど、やっと思い出せたわ。よかったよかった」

つまり、紀州屋《きしゅうや》の番頭は、友吉が店の名前を覚えられないので、漢字をバラバラにしたうえで、べつの言葉に言いかえたのである。

覚えにくい外国語などを、響《ひび》きの似《に》ている日本語に置きかえて覚える、というやり方はよくある。たとえば、

GOOD《グッド》 MORNING《モーニング》

を「群馬《ぐんま》ねん」と覚え、その通り発音しても、たいがい通じる。

「ケロケロイハチイハチの、もとの言葉はなんやったんや」

「それは……忘《わす》れた」

あかんがな。

「なんやったかなあ。ケロケロ……ケロケロ……ケロケロ……」

カエルのようにケロケロをくりかえしている友吉に、忠志は言った。

「よし。こないしよ。ふたりでこのあたりを、大声で『ケロケロ、イハチイハチ』て言いながら歩くねん。そしたら、それを聞いただれかが、『○○屋のこととちがうか?』て教えてくれるかもわからんやろ」

もちろん「平林《たいらばやし》」から得たアイデアだが、友吉は「えっ?」という表情《ひょうじょう》で、

「そ、そんなアホなことせなあかんのん?」

「嫌《いや》やったらええで。俺《おれ》は手伝《てつど》うてるだけやし、友吉っとんが番頭はんにそろばんでどつかれてもええんやったら……」

「やりますやります、やるやる!」

ヤケクソのようにそう言うと、友吉は先頭に立って歩き出したが、

「定吉っとん、わて、こんなこと町なかでやったことないさかい、要領《ようりょう》がわからん。定吉っとん、いっぺんやってみせてえな」

忠志も、もちろんやったことはない。しかし、これは忠志のアイデアだ。手本を見せろと言われたら、やるしかない。

「えーと……ケロケロやったな」

「そや。ケロケロのあとはイハチイハチや」

「イハチイハチと。えーと……まずはケロケロからやな」

「そうやって」

「ケロケロか。えーと、最初はケロケロ……」

「何べん言うねん。ケロケロイハチイハチや」

「わかってるわい。間違《まちが》ったらあかんからたしかめただけや」

　忠志はせきばらいをして、まわりを見回した。江戸《えど》時代の町のなかなんて、ひとはあんまり歩いてないんじゃないか、と勝手に思っていたが、とんでもない。町人も通る、年寄《としよ》りも通る、子どもも通る、男も通る、女も通る、犬も通る、猫《ねこ》も通る。なかなかの混雑《こんざつ》ぶりだ。

（へえー、江戸《えど》時代の大阪《おおさか》ってこんなにひとがおったんやなあ。けど……侍《さむらい》は見かけへん。なんでやろ……）

　そんなことを思いながら、往来《おうらい》するひとたち

を眺《なが》めていると、

「定吉っとん、早よやってくれ」

「せっつくな。今やるわい」

もう逃《に》げられない。忠志は大きく深呼吸《しんこきゅう》をすると、

「ケロ……ケロ……」

「声が小そうて聞こえへんで」

「わかってる。今のは、声が出るかどうか試しただけや。つぎが本番や。よう聞いとけよ。声がでかすぎて、耳がつーんてなってもしらんぞ」

「能書《のうが》きはええさかい、手本見せてくれ」

ムカッとした。そのムカつきが大声になって、忠志の口からほとばしり出た。

「ケーロケロッ！」

腹《はら》から声が出たせいで、往来中《おうらいじゅう》に響《ひび》きわたった。通行人が一斉《いっせい》に忠志のほうを見た。

「イハーチー、イハアアアアチイイイー！」

演歌《えんか》のメロディーのような、コブシの効《き》いた抑揚《よくよう》が勝手についた。こうなったらもうとまらない。

「ケーロケロ！　イハーチーイハチ！　ケーロケロ！　イハーチイハチ！」

忠志はそう叫《さけ》びながら歩き出した。友吉もそのうしろからついていく。

「ケーロオオーケエーロオオー！　イーハアアアチーイハアアアアチー！　ケエエーロ――ケロオー！　イーハアアアチーイイイハチ！」

リズムやメロディも微妙《びみょう》に変化する。アドリブってやつだ。だんだんノってきた。気がついたら軽くステップを踏《ふ》み、右手をマイクを持つような形ににぎりしめていた。

「ケエエロ－ケロオオオン－！　イハ－チイイイイイイイハチー！」

町人風の男が近づいてきて、

「ぼん、さっきからケロケロ言うとるけど、カエルの真似《まね》してるんか」

「ちゃうねん。おっちゃん、こんな言葉で思い出す店知らんか。俺《おれ》ら、お使いに行く店の名前忘《わす》れて、こんなことやってんねん」

「店？　さあなあ……カエル屋ゆう店、は聞いたことないし……」

「そうか。おおきに」

なおも、ケロケロイハチイハチを続けていると、二人連れがやってきて、

「おう、えらいがんばってるやないか」

「えっ、おっちゃん、俺《おれ》らがなにしてるのか知ってるんか」

「もちろんや。雨乞《あまご》いやろ。そういえば、近ごろ、雨降《ふ》ってないさかいな」

「はあ？」

「カエルは雨が好きやさかい、それでそんな真似《まね》してるんやろ。ちがうか」

するともうひとりの男が、

「なに言うとんねん。ちがうちがう。このぼんはな、ネズミ除《よ》けのまじないしとるんや。な、ぼん、そやろ」

忠志が、どうこたえていいのか迷《まよ》っていると、その男は勝ちほこったように、

「わし、おばんに聞いたことあるねん。ネズミがいちばん怖《こわ》いのはイタチや。せやさかい、ネズミが出んようにするまじないはイタチ、イタチて言うんや」

忠志は首を強く横に振《ふ》り、

「雨乞《あまご》いでもネズミ除《よ》けでもないねん。こいつがお使いの行き先わからんようになって……」

そう言って振《ふ》り返《かえ》ったが、そこにはだれもいない。どうなってるねん。見ると、友吉は少し離《はな》れたところからこちらを見つめている。

「こらあ、なにやっててんねん！　おまえがやらなあかんやろ。俺《おれ》は手本を見せただけや」

「いやー、定吉っとん、上手やわー。手本と言わず、ずーっとやって」

「そうはいくかい。おまえもやれ」

友吉はふくれっ面になり、

「もとはといえば、おまえがぶつかってきたさかい、わてが行き先ど忘《わす》れしてしもたんや。おまえがやるのが筋《すじ》やろ」

「それを言うなら、もとはといえば、おまえが物覚えが悪いからやないか」

「なんやと、やるんかい」

「やったろやないか」

ふたりはたがいに胸倉《むなぐら》をつかもうとしたが、うまくつかめず、手が空を切った。ふたりとも身体《からだ》が泳いで、地面にへなへなとくずれ落ちた。どちらもケンカ慣《な》れしていないのだ。忠志は、口ゲンカなら負ける気はしなかったが、本物のケンカは大の苦手である。友吉も似《に》たようなものらしい。ふたりは大きく息をついた。

「やめとこ。ふたりで力を合わせて、行き先の店を見つけるんや」

と忠志が言うと、

「ほんまや。わてのお使いに定吉っとんにつきおうてもろてるのに、ごめんやで」

「俺《おれ》こそごめん」

「こっちこそごめん」

「ほんまにごめん」

仲直りしたふたりは気を取り直して探索《たんさく》を再開《さいかい》することにした。

「よっしゃ、『平林作戦《たいらばやしさくせん》』本格的に再開《さいかい》や」

忠志が言うと、

「なんやねん、『平林作戦《たいらばやしさくせん》』て」

「俺《おれ》が今名前付けたんや。そのほうがかっこええやろ」

「そ、そうかあ？」

友吉は首をかしげる。たしかに、落語の「平林《たいらばやし》」を知らなければなんのことだかわからないだろう。

「さあ、いくで。ケロケーロ、イハアチーイイイイハチ」

と忠志が言えば、

「ケーロケロ、イーハッチイハアッチ」

と友吉が言う。

「ケロケロケーロ、イーハッチイーハッチ」

と忠志が言うと、

「ケエエーロオケロケロ、イイイイハッチイーハーッチイ」

と定吉が応《こた》える。

「ケロケロケロケロケーロ、ケケロケロ」

「イハッチハッチのハチハッチ」

「ハチハチハッチで三ハッチ」

「ケロケロ、ゲロゲロ、ケケケケケロロ」

「ケケロケケロケケロのゲロゲーロ、ゲロゲーロ」

「イハッチドハッチ、ハッチキチー」

「チキチキハッチャキ、ケロンケロケロ」

だんだんめちゃくちゃになってきた。ふたりは掛《か》け合《あ》いのように叫《さけ》びながら、いつのまにか道のど真ん中で踊《おど》り出《だ》していた。道行くひとたちも、くすくす笑いながらふたりの様子を見つめている。

「新手の東西屋（チンドン屋）やろか」

「さあ、どこぞの丁稚《でっち》みたいやけどな」

「なかなかおもろいやおまへんか」

「そやなあ、がんばっとるわ。——ええぞええぞ、もっとやれ！」

声援《せいえん》を耳にした忠志は、

（よし、一番ウケるのはここや！）

大きく息を吸《す》い込《こ》むと、

「ケケロケロケロ、ケケロケロ、ケロケロケケロ、ケケロケロ、ケロケロケロケロケロケロケロケロ、ケケロケロケロ、ケケロケロ」

一息でそこまで言い切ると、友吉も負けじと、

「イーハチイハチ、イハイハイハチ、ハチハチイハイハ、イハハチイハチ、ハハハハチチチ、ハチイチイハチ」

しまいにはふたり同時に、

「ケロケロケロケロケロケロケロケロケロケロケロ」

「ハチハチハチハチハチハチハチハチハチハチハチ」

ふたりの息はぴったりだった。

「なんかおもしろなってきたなあ、定吉っとん」

「ほんまや。一日中こうして踊《おど》ってよか」

そんなわけにはいかない。

しかし、大勢《おおぜい》の見物人が寄《よ》ってきたものの、いつまでたっても、「ケロケロ、イハチイハチ」の謎《なぞ》を解《と》いてくれるものは現《あらわ》れず、ふたりは汗《あせ》だくになった。

「あーつかれた。『平林《たいらばやし》作戦』はうまいこといかんなあ……」

忠志が踊《おど》りをやめて、汗《あせ》を拭《ふ》いていると、

「見てみ、定吉っとん。向こうからえらそうなヒゲ生えた侍《さむらい》が来るわ。あいつにきいてみよか」

「あいつ……?」

武士《ぶし》といえば、江戸《えど》時代は一番えらい身分だったはずだ。切《き》り捨《す》てごめんといって、町人を切《き》り捨《す》てても、「ごめん」と言って謝《あやま》れば許《ゆる》される……ということも聞いた(ちょっとちがっているかもしれないが)。そんな武《ぶ》

士《し》に向かって「あいつ」とは……うっかり耳に入ったらたいへんなことになるのでは……。

　そんな忠志の表情《ひょうじょう》に気づいたらしい友吉が、

「侍《さむらい》がなんぼのもんやねん。定吉っとんはド田舎《いなか》に住んでたから、ピンと来んかもしらんけどな、あいつら、わてら町人が一生懸命《いっしょうけんめい》働いて稼《かせ》いだ金の上前をはねて、ああやってええ暮《く》らししとるんや。けど、なかには貧乏《びんぼう》な侍《さむらい》もおる。そういうやつらは、表では見え張《は》って立派《りっぱ》に見せてふんぞりかえってるけど、裏《うら》では商人《あきんど》に頭下げ倒《たお》してから金借りとるねん。江戸《えど》ではどや知らんけど、大坂《おおさか》は商人《あきんど》の町や。侍《さむらい》の人数もめちゃくちゃ少ないさかい、でかい顔はさせへんで」

　なるほど、江戸《えど》は将軍《しょうぐん》とその家来が住んでいる場所なので、侍《さむらい》の数も多いが、大阪《おおさか》はそうではないから、武士《ぶし》に対する町のひとの気持ちもちがうのだろう。さっきから侍《さむらい》を見かけなかった理由もわかった。しかし……。

「あいつはあかん。あいつだけはやめとけ。めちゃめちゃ怖《こわ》そうや」

「怖《こわ》そうやからええねん。あれだけ立派《りっぱ》な侍《さむらい》やったら、『ケロケロ』の謎《なぞ》を解《と》いてくれるやろ。往来《おうらい》を我《わ》が物顔《ものがお》にのっしのっしと歩いてけつかる。わからんやなんて言わせへんぞ」

びくびくする忠志を尻目《しりめ》に、友吉はその武士《ぶし》に近づいていった。かなり上背《うわぜい》があり、やたらと顔が大きい。その顔の下半分を針金《はりがね》みたいに堅《かた》そうな豪傑《ごうけつ》風のヒゲが覆《おお》っていて、なんだか怖《こわ》そうな侍《さむらい》だ。上等そうな黒い羽織《はおり》と袴《はかま》を着ているし、お供《とも》をふたりも連れているし、身分も高そうだ。しかし、友吉はそんなことを気にする様子もなくずけずけと、

「すんまへん、お侍《さむらい》さん」

「なんじゃ」

侍《さむらい》は立ち止まると、ぎょろりとした目を友吉に向けた。

「わて、紀州《きしゅう》屋の丁稚《でっち》ですねんけど、お使いに行く先を忘《わす》れてしもて、難儀《なんぎ》してまんねん。番頭はんが、わてが物覚えが悪いんで、ええ目安を教えてくれたんですが、その目安がなんのこっちゃわからんようになりまして……」

「わしは先を急いでおる。悪いが、ほかを当たるがよい」

「それが、ほかはもうずいぶんと当たりましたんやが、どなたも役立たずで困《こま》ってますねん。お侍《さむらい》さんやったらなんとかしてくれはると思いまして」

「なにをせよと申すのじゃ」

「目安の意味を教えとくなはれ。お侍《さむらい》さんやったら物知りやさかいわかりまっしゃろ」

「物知りと申しても、森羅万象《しんらばんしょう》に通じておるわけではないが、貴様《きさま》ら小児《しょうに》の申すことぐらいならわからぬはずがない。ただ、今も申したとおり、先を急ぐ身ゆえ……」

「そこを曲げて頼《たの》んます。いたいけな子どもがこうして頼《たの》んでまんねん。ぽんぽんぽーん！　と早幕《はやまく》で教えとくなはれ」

「では、早う申してみよ」

侍《さむらい》は、迷惑《めいわく》そうに言った。

「『ケロケロ、イハチイハチ』でおます」

「――なに？」

武士《ぶし》は仰天《ぎょうてん》したような表情《ひょうじょう》になった。

「『ケロケロ、イハチイハチ』でおます」

「ケロケロ……？　むむむむむ……」

武士《ぶし》の顔に脂汗《あぶらあせ》が浮《う》かんだ。太い眉毛《まゆげ》を寄《よ》せ、歯を食いしばり、うなり声を発している。

「風の音でよう聞こえなんだ。もっと、はっきりと申せ」

「ケ・ロ・ケ・ロ、イ・ハ・チ・イ・ハ・チ・で・お・ま・す」

「で・お・ま・す」まで区切らなくても……と忠志が思ったとき、侍《さむらい》が急におどおどしはじめた。左右に目を走らせ、落ち着きのない様子で、

「ううう……うううむ……うむむむむむ……もう一度申せ」

「何遍《なんべん》申しましてもおんなじことでおます。おわかりやおまへんか」

「待て、そう急《せ》かすな。急《せ》いてはことを仕損《しそん》じる。こういうことはゆっくりと考えねばならぬ」

「お急ぎやとうかがいましたけど」

「やかましい。――店の名前だと申したな。目安なのだから、それほど難《むずか》しいことではないはずだ。しかし、ケロケロとは……」

「まだわかりまへんか」

「少し黙《だま》っておれ。静かに考えさせろ。ケロケロ……『カエル屋』もしくは『カワズ屋』と申す店が……」

「おまへん」

「ケロがふたつで二ケロ……『二ケロ屋』とか『ふたケロ屋』とか……」

「おまへん」

「そうじゃ、一と八でイハチ。『かずや屋』とか『いっぱち屋』、もしくは店の主《あるじ》の名がいっぱちと申す店が……」

「おまへん」

武士《ぶし》は太い両腕《りょううで》を組んでうめいていたが、突然《とつぜん》、ぽんと両手を叩《たた》き合《あ》わせ、

「そうじゃ、わしは急いでおったのじゃ。時刻《じこく》に間に合わぬ。また今度教えてやろう」

「ま、ま、待っとくなはれ。ちょっとぐらいよろしいやろ。そんなに大事など用事ですか」

「左様。一刻《いっこく》の猶予《ゆうよ》もならぬのだ。さらば！」

「お侍《さむらい》さん、『ケロケロ、イハチイハチ』の謎《なぞ》が解《と》けへんのやな。なーんや、お侍《さむらい》のくせにこんなこともわかりまへんのか。頼《たよ》りないなあ」

侍《さむらい》の眉毛《まゆげ》が怒《いか》りでつり上がった。

「なんだと！　しつけの足りぬ子どもの申すことと思いこれまでの雑言《ぞうごん》は許《ゆる》しおいたが、もう勘弁《かんべん》ならぬ。武士《ぶし》に向かって頼《たよ》りないとは無礼千万《ぶれいせんばん》。蔵屋敷留守居《くらやしきるすい》役として酒井《さかい》家より二百石《こく》をちょうだいするこの清海十郎右衛門《きよみじゅうろうえもん》を愚弄《ぐろう》いたす気か！」

侍《さむらい》は刀の柄《つか》に手をかけた。ヤバい、斬《き》られる！　忠志はあとさき考えずに侍《さむらい》のまえに飛び出し、両手を左右に広げた。

7　ご先祖《せんぞ》さん!

「斬《き》るなら、友吉《ともき》っとんやのうて、俺《おれ》を斬《き》れ!」

目をつむり、足を踏《ふ》ん張《ば》る。お父さん、おじい、おばあ……先立つ不孝《ふこう》をお許《ゆる》しください。えーと、ほかにだれかいるかな。キャット先生の顔と、なぜか恵子《けいこ》の顔も頭にちらついた。南無阿弥陀仏《なむあみだぶつ》、南無妙法蓮華経《なむみょうほうれんげきょう》、天にましますわれらの父よ……。

しかし、いつまでたっても刀は降《ふ》ってこず、耳もとで、

「お、おい、本気にするな。ちょっと脅《おど》かしただけだ。本当に斬《き》るわけがなかろう」

目を開けると、ヒゲ面が間近に迫《せま》っていた。

「けど、侍《さむらい》は切《き》り捨《す》てごめんやろ」

「馬鹿《ばか》を申せ。戦国乱世《らんせ》ではあるまいし、町なかで刀など抜《ぬ》いたらただちに免職《めんしょく》、下手をすると切腹《せっぷく》だ。この清海十郎右衛門《きよみじゅうろうえもん》、妻《つま》も子もおる。まだ死にとうはない」

清海……十郎右衛門……どこかで聞いたような……。

「ああっ!」

忠志《ただし》は、武士《ぶし》の顔を指差し、

「俺《おれ》の……ご先祖《せんぞ》さん！」

「はあ……？」

武士《ぶし》はきょとんとした表情《ひょうじょう》で、

「今、なんと申した」

「せやから、ご先祖《せんぞ》さんやろ。俺《おれ》、清海忠志。ほら、苗字《みょうじ》が一緒《いっしょ》やん」

「な、なにを申す。おまえのような子孫を持った覚えはないぞ。――そもそもおまえの歳《とし》なら、わしの子どもぐらいではないか。先祖《せんぞ》などと大げさな……」

「いや、お侍《さむらい》さんは俺《おれ》のご先祖《せんぞ》さまなんや。聞いてるで聞いてるで。山賊《さんぞく》を退治《たいじ》したり、熊《くま》を捕《つか》まえたりして、大手柄《おおてがら》をたてたんやろ」

「はあ？　だれのことを言うておる。わしはただの蔵《くら》役人だ。そんな活躍《かつやく》のできようはずがない」

「けんそんせんでもええ。そのすごい髭《ひげ》が豪傑《ごうけつ》の証拠《しょうこ》や」

「わしは髭剃《ひげそ》りで肌《はだ》が荒《あ》れるので、やむなくのばしておるのだ」

「えっ？　聞いてた話とちがうなあ……」

「もう、よかろう。わしは行くぞ。寄席《よせ》へ参らねばならぬのだ。そこの失敬千万《しっけいせんばん》な朋《ほう》

輩《ばい》は、おまえの友情《ゆうじょう》に免《めん》じて差し許《ゆる》す。――では、参るか」

十郎右衛門は、供《とも》のふたりにそう言うと早足で歩き出した。

「寄席《よせ》？　お侍《さむらい》さんやのに寄席《よせ》に出るの？」

追いすがり、並《なら》んで歩きながら忠志がきくと、

「出るのではない。わしは落《お》とし噺《ばなし》や講釈《こうしゃく》が大好きでな、三日に一度は寄席《よせ》に通う」

落《お》とし噺《ばなし》て落語のことか。落語て江戸《えど》時代からあるんやな。忠志がそう思ったとき、

「やっぱり侍《さむらい》なんかぼんくらやな。定吉《さだきち》っとん、行こ」

友吉が忠志の袖《そで》を引《ひ》っ張《ぱ》った。

「俺《おれ》、あのひとにもうしばらくついていってみるわ」

「えっ、なんでやねん。なんにもわからんかったやないか」

「ええからええから。ちょっとだけつきおうて。――な？　な？」

友吉はしぶしぶうなずくと、

「寄席通《よせ》いか。ええなあ、侍《さむらい》は暇《ひま》で」

十郎右衛門は笑って受け流し、

「侍《さむらい》と申してもいろいろだ。寝《ね》る間《ま》もないほどいそがしいものもおれば、わしのように暇《ひま》なものもおる。わしは蔵屋敷《くらやしき》の留守居《るすい》役ゆえ、国から米が運ばれてくる時節のほ

かはなにもすることがない」

「お侍《さむらい》なんやから、剣術《けんじゅつ》とか弓矢とかの稽古《けいこ》をせなあかんやろ」

忠志が言うと、

「はっはっはっ。米を扱《あつか》う蔵《くら》役人に剣術《けんじゅつ》も弓矢もいらぬ。それに、この太平の御世《みよ》に、武芸《ぶげい》の鍛錬《たんれん》などしていたら、よからぬことでもたくらんでいるのではないかと上役人から目をつけられるわ」

十郎右衛門は内緒話《ないしょばなし》でもするかのように口を忠志の耳に近づけると、

「じつは剣術《けんじゅつ》は大の苦手でな、そのうえ血を見るのが嫌《きら》いなのだ。寄席《よせ》にでも通うのが一番だ。金もかからぬし、女房《にょうぼう》も……おっと、これは子どもに言うてもしかたないな」

話しているうちに、忠志にはこの「先祖《せんぞ》」が、ざっくばらんなええおっちゃんに思えてきた。

「おまえたち、いつまでついてくる気だ。お使いの途中《とちゅう》であろう。そろそろ行ったほうがよいのではないか」

友吉がうんうんと強くうなずく。

「いや、もうちょっと……」

どうしても自分の先祖《せんぞ》らしきひとのことを知りたかった忠志は、十郎右衛門のお供《とも》のひとりにそっとたずねた。

「このお侍《さむらい》さん、ほんまに山賊退治《さんぞくたいじ》とかしてへんの？」

「してるわけないやろ。熊《くま》どころか蜘蛛《くも》が出ても跳《と》び上《あ》がって逃《に》げ出《だ》すおひとや。剣《けん》術《じゅつ》もからきし下手くそやし、お化けが怖《こわ》いゆうて夜中にひとりでおしっこに行けんらしいわ。清海十郎右衛門ゆうたら、酒井《さかい》家きっての腰抜《こしぬ》けやで」

するともうひとりのお供《とも》が、

「腰抜《こしぬ》けは言《い》い過《す》ぎや。もうちょっと言い方があるやろ」

「それもそやな。ほな、ビビりでふぬけで臆病者《おくびょうもの》で不甲斐《ふがい》なくて意気地《いくじ》なしで……」

余計《よけい》に悪い。けど、それやったら、

（おとんは、なんであんな嘘《うそ》言うたんやろ……）

忠志がそんなことを考えていると、十郎右衛門が言った。

「わしもいろいろと落《お》とし噺《ばなし》を聞いてきたが、今、天満《てんま》の『満場亭《まんじょうてい》』に出ておる噺家《はなしか》がひいきでな。珍《めずら》しいネタも多いし、呼吸《いき》と間もすぐれておる。酒癖《さけぐせ》が悪いのが玉にキズだが、滑稽《こっけい》な噺《はなし》をやらせれば天下一品だ。わしは、その噺家《はなしか》が出ている席には、できるかぎり通うことにしておるのだ。あのものは大坂《おおさか》の宝《たから》だな」

十郎右衛門は自分のことのように自慢《じまん》した。

「へえー、そんなすごい噺家《はなしか》が江戸《えど》時代、あ、いや、今の時代にいてるんか。なんていう名前のひとです？」

忠志がたずねると、十郎右衛門は胸《むね》を張《は》って、

「笑酔亭粋梅《しょうすいていいきうめ》という。もうかなりの齢《よわい》だが、だれの弟子《でし》で、どこで修行《しゅぎょう》したのかもよくわからぬらしい」

粋梅……？　あの落語家と同じ名前である。芸名だからそういうこともあるだろう。もしかしたらご先祖《せんぞ》さまかもしれない。

「わしがもう少し早く生まれても、遅《おそ》く生まれても、粋梅の落《お》とし噺《ばなし》を聞くことはできぬ。粋梅と同じときに生まれ、粋梅を聞くことができるというのは、わしにとってたいへんな幸運なのだ」

「十郎右衛門さん、俺《おれ》をその寄席《よせ》に連れていってくれ」

思わず身を乗り出した忠志の袖《そで》を友吉がつかみ、

「おい、店探《さが》しはどないなるねん」

「それもやる。けど、その粋梅ゆうひとのネタを見てみたいんや。——十郎右衛門さん、ええやろ」

「む？　かまわぬが……店のほうはよいのか」

丁稚《でっち》が、店にだまって寄席《よせ》や芝居《しばい》に行くというのはもちろんご法度《はっと》である。しかし、友吉も寄席《よせ》に連れて行ってもらえるとなると、心が動いたらしく、

「まあ、ええか。どうせ今んとこ行き先わからへんし、天満《てんま》まで探《さが》しながら行ったらええやろ。寄席《よせ》もちょっとだけやったら……」

「決まった。——十郎右衛門さん、ふたりとも連れてってな。あと、寄席《よせ》までふたりで声張《は》って歩くけど、気にせんとってや」

ふたりは、

「ケロケーロ、イハチーイハチ」

と大声で叫《さけ》び、踊《おど》りながら歩いた。ふたりのお供《とも》も面白がって協力してくれ、四人による大合唱と大乱舞《だいらんぶ》が天満《てんま》まで続いた。清海十郎右衛門は恥《は》ずかしそうに扇子《せんす》で顔を隠《かく》しながら少し離《はな》れたところを歩いているが、顔が大きいので扇子《せんす》からはみ出てしまっている。

興味《きょうみ》を持って話しかけてくるものは何人もいたが、声を枯《か》らしての必死の努力にもかかわらず、「ケロケロ、イハチイハチ」の謎《なぞ》を解《と》いてくれるものはひとりもいなかった。

三十分ほど歩いたころ、十郎右衛門が進み出ると、閉《と》じた扇子《せんす》で道沿《ぞ》いを差し、

「あれが、『満場亭《まんじょうてい》』だ」

寄席《よせ》といっても竹でまわりを囲っているだけの小屋で、天井《てんじょう》はむしろのようなものを掛《か》けてあるだけだから、とても「建物」とは言えない。雨が降《ふ》ったら、客はびしょ濡《ぬ》れになるだろう。

入り口には大きな提灯《ちょうちん》がかかっている。台のようなもののうえに座布団《ざぶとん》を敷《し》いて座《すわ》っているのは、チケット係みたいなものだろう。両手を大きく振《ふ》り回《まわ》しながら、客を呼《よ》び込《こ》んでいる。

「さあさあ、今なら座《すわ》れまっせえ。名人笑酔亭粋梅の軽口噺《ばなし》はおもろいでえ。

ヘソで茶が沸《わ》くでえ。入った入った」

お供《とも》のひとりが、チケット係に五人分の入場料を支払《しはら》った。十郎右衛門の財布《さいふ》を預《あず》かっているようだ。

「五枚《まい》通りや！　おおきにありがとさんでおます。ずずーっと奥《おく》へ奥《おく》へ」

四角い木の札をもらい、慣《な》れた様子の十郎右衛門に続いておそるおそる入っていくと、なかはやや薄暗《うすぐら》い。学校の教室ぐらいの広さで、畳《たたみ》のうえにむしろが敷《し》かれ、そこに客が座《すわ》っている。お茶を飲んだり、キセルで煙草《たばこ》を吸《す》ったりしている。寝《ね》そべっている客も何人かいる。全部で二十人ぐらいだろうか。一番奥《おく》に横長の机《つくえ》のようなものが高座《こうざ》代わりに置いてあり、そこにまだ若《わか》い落語家がこちらを向いて座《すわ》っている。つるりとしたゆで卵《たまご》のような顔だ。

「……という馬鹿馬鹿《ばかばか》しいお話でございました。これにておあとと交替《こうたい》させていただきます」

客はだれも笑わない。拍手《はくしゅ》もしない。皆《みな》、黙《だま》ったままずるずるとお茶を飲んでいる。

十郎右衛門は、いちばん後ろに座《すわ》った。

「もっとまえのほうが見やすいんとちがうか」

友吉が言ったが、十郎右衛門は笑って首を振《ふ》り、

「このあたりが聞きやすいのだ。それに、武《ぶ》士《し》がまえにいては、まわりのものが気を遣《つか》う。寄席《よせ》は皆《みな》が楽しむ場所だ」

ここがいつもの席、ということらしい。友吉は、忠志に耳打ちして、

「このお侍《さむらい》、なかなかええひとかもな」

三味線《しゃみせん》や太鼓《たいこ》が出囃子《でばやし》を奏《かな》でるなか、つぎの落語家が登場した。さっきのひとよりも年配のようだ。相変わらず、客は寝《ね》そべったり、煙草《たばこ》を吸《す》ったりして、顔を上げない。

「ええ、しばらくのあいだおつきあいを願いますが、近ごろはなんだすなあ、米でも酒でも野菜でも、なんでも値上《ねあ》がりで、われわれの口にはおいそれとは入りまへん。わては、毎晩《まいばん》、仕事が終わったら、家に帰って、お酒をいただくのがなによりの楽しみですのやが、

こないだ嫁《よめ》はんが出した湯呑《ゆの》みをいつものようにきゅーっと飲んだら、これが酒やのうて出がらしの茶だすわ。『なんやこれ、酒を出さんかい』としかりますと、『お茶けだす。正真正銘《しょうしんしょうめい》、宇治《うじ》の生《き》一本だっせ』……ああ、貧乏《びんぼう》はしとうないもんや」

だれも笑わない。忠志も、意味がよくわからなかった。

「あんまりカラスがゴモク（ゴミ）をあさるんで、わて、カラスに言うたりました。おまえ、いつもいつもここに来てるけど、山に戻《もど》ったら、巣にかわいい子どもがおるんやろ。そしたらカラスが、うちの巣はいつもカラですわ。ここから巣っカラかんという言葉ができたと申します」

やはりだれも笑わない。

「足の速い男がおりまして、町のなかをえらい勢《いきお》いで走っております。ともだちが、おまえ、なにしてるねんと話しかけますと、『盗人《ぬすっと》を追いかけてるんや』『その盗人《ぬすっと》、どこにおる？』『後ろから来るはずや』……途中《とちゅう》で追《お》い越《こ》しよったんですな」

落語というより、小噺《こばなし》をつなげている感じだが、場内は静まり返り、お茶をすする音だけが響《ひび》いている。

「ほな、このあたりで、尺八《しゃくはち》を吹《ふ》いてしんぜましょう」

落語家は、尺八《しゃくはち》を構《かま》える真似《まね》をすると、

ぷふぉーおお
ぷお、ぷふぉおー

と口で尺八《しゃくはち》の音真似《まね》をした。

(なんや、これ？　わけわからん)

忠志は、自分だけがわかっていないのかとまわりを見たが、だれもクスリとも笑っていない。落語家はそのあと続けて、馬のいななきやカラスの鳴き声などの物真似《ものまね》をしたが、びっくりするほど下《へ》っ手《た》くそなのだ。静まり返る客席からいびきが聞こえてきた。

(しょうもなあ。こんなん、俺《おれ》でもできるんとちがうか……)

忠志がそんなことを思ったとき、落語家は突然勢《とつぜんいきお》いよく立ち上がった。

(うわっ、ご、こめんなさい。俺《おれ》にもできるなんて失礼なこと言うて……)

一瞬《いっしゅん》、そう言って謝《あやま》ろうと思ったが、口に出していないのでバレてるはずはない。

(まさか……あんまりウケへんからヤケクソになって、寝《ね》てる客をどつくんとちがうやろな……)

忠志がそう思ってドキドキしていると、落語家はにっこり笑い、着物のすそをまくり上げて帯に挟《はさ》んだ。手ぬぐいで鉢巻《はちま》きをして、

「それではご陽気に踊《おど》りなど……」

その言葉が合図だったようで、三味線《しゃみせん》や太鼓《たいこ》がにぎやかな曲を囃《はや》しはじめた。落語家は、広げた扇子《せんす》で自分をあおぎながら踊《おど》り出《だ》した。しかし、これまた忠志にはなにが面白いのかまーったくわからない。すぐにあきてしまい、あくびを必死に噛《か》み殺《ころ》していると、ようやく踊《おど》りが終わった。落語家はふたたび正座《せいざ》してお辞儀《じぎ》をすると、

「お退屈《たいくつ》さまでございました。これでおあとと交替《こうたい》いたします」

客席から、

「ほんまに退屈《たいくつ》やったわ！」

という声がかかり、忠志は心のなかで、

（そのとおり！）

と思った。高座《こうざ》を降《お》りる落語家は汗《あせ》びっしょりになっていた。そりゃあそうだろう、

（俺《おれ》やったら耐《た》えられんかったやろな……）

まるで自分が高座《こうざ》にいたみたいに、忠志も脇汗《わきあせ》をかいていた。

つぎの出囃子《でばやし》が鳴った。出てきたのは、あごの大きい、色の白い落語家だった。紫《むらさき》

色《いろ》の風呂敷《ふろしき》を手にしている。

「浪花家宗七《なにわやそうしち》と申します。皆《みな》さまお待ちかねの『百眼《ひやくまなこ》』を演《や》らせていただきます」

百眼《ひやくまなこ》……？　聞いたことのないネタだ。忠志は身を乗り出したが、寝《ね》ている客が起きる気配はない。宗七は風呂敷《ふろしき》をほどき、なかから横長の紙の両端《りようはし》にひもがついたものをたくさん取り出した。紙には目が描《か》かれており、忠志は、

（バラエティ番組で使う目隠《めかく》し用のアイマスクみたいやな）

と思った。怒《おこ》った目、笑った目、女性《じよせい》の目、老人の目、歌舞伎《かぶき》役者みたいな化粧《けしよう》をした目……いろいろな目がそろっている。宗七はそれを顔につけ、さまざまな役に変身するのだ。

怒《おこ》った目をつけ、ドスの効《き》いた声で、

「なんやと？　わしと別れるゆうんかい」

すぐに、女性《じょせい》が泣いている目をつけ、裏声《うらごえ》で、

「あんた、かんにんして。よそにええひとができましたんや」

また、怒《おこ》った目に戻《もど》り、

「許《ゆる》さん。どついたる」

女になって、

「あれー、だれか助けてー」

目じりにしわのある老人の目になって、ハゲのかつらをかぶり、しゃがれた声で、

「これこれ、乱暴《らんぼう》はいかんぞよ。わしは菟念寺《ずくねんじ》の和尚《おしょう》じゃが、仲直りをさせてやろう」

女の泣いた目になって、

「じゃかましい。横合いからでしゃばるな、このタコ坊主《ぼうず》。——あ、まちがえた」

わざとまちがえて、笑いを取ろうとしている。しかし、十郎右衛門とそのお供《とも》たちはほとんど笑っていない。忠志にも、あまり面白いとは思えなかった。なんとかいうピン芸人がよく似《に》たネタをしていたが、そちらのほうがずっと面白かった。しかし、友吉は腹《はら》を抱《かか》えて笑い転げている。

「目だけ変えたら変な顔になるなあ。おもろいわあ。こんなおもろいもんないわ。軽口噺《ばなし》なんかよりずっと笑える」

忠志が、

（変な顔やったら俺《おれ》も負けへんで。せやけど、ちゃんとした落語は、この時代にはないんかなあ……）

そんなことを思っていると、「百眼《ひゃくまなこ》」の芸人はぺこりと頭を下げて引《ひ》っ込《こ》んだ。すかさずつぎの出囃子《でばやし》が鳴った。途端《とたん》、それまで寝《ね》そべっていた客が起き上がり、きちんと座《すわ》り直《なお》した。煙草《たばこ》を吸《す》っていたものもキセルをしまい、茶を飲んでいたものも湯《ゆ》呑《の》みを置いた。

「待ってました、粋梅！」

だれかが声をかけた。

（来た……！）

8 カロカロメハチメハチ

この時代の粋梅《いきうめ》ってどんなやつやろ……忠志《ただし》は座り直した。そして登場した落語家が座布団《ざぶとん》のうえに座《すわ》って深々《ふかぶか》と一礼したあと、ひょいっと顔を上げた瞬間《しゅんかん》、

「うわわっ」

忠志は、心臓《しんぞう》が止まるかと思うぐらい驚《おどろ》いた。獅子舞《ししまい》のお獅子《しし》のようにいかつい、しわだらけの顔……それはまさしく、忠志に落語を聞かせたあの老人だった。忠志のすぐまえに座《すわ》っていたガラの悪い男が、

「うるさい！」

と怖《こわ》い顔で振《ふ》り返《かえ》ったが、十郎右衛門《じゅうろうえもん》があわてて、

「すまぬ」

と頭を下げてくれたのでことなきをえた。十郎右衛門と友吉《ともきち》に左右からにらまれて、忠志はカメのように首をすくめた。

しかし、いちばん後ろにいたのが幸いしたのか、高座《こうざ》の老人は騒《さわ》ぎに気づかなかったようだ。

(似《に》てる。めちゃめちゃ似《に》てる。いや……ぜったい本人や。こんな顔、ふたりおるわけない……!)

「ええ、高《たこ》うはございますが、ちょっとこれより申し上げます。見てのとおり、ご当地ではあまりおなじみのない噺家《はなしか》でございますが、こないしてたまに上がらせてもろとります笑《しょう》酔亭《すいてい》粋梅と申します。今日はどうぞ、名前だけでも覚えて帰っとくなはれ」

忠志はまたしても、

「ふわあっ」

と叫《さけ》んでしまった。レコードの写真からまちがいないとは思っていたが、やっぱりこの

ひとが笑酔亭粋梅だった。

「ええかげんにせえよ、このくそガキ」

まえに座《すわ》った男が、ドスのきいた低い声で言った。

「ご、ごめんなさい……」

「三度目はないで」

「はい」

高座《こうざ》の老人は素知《そし》らぬ顔で落語をはじめた。


これ、定吉《さだきち》、定吉。

へーい。

なんや、そこにおったんか。おまえは返事がうれしいな。奉公《ほうこう》してるときは立つよりも矢声《やごえ》というて返事がいちばんや。朝起きるときでもそやで。定吉起きなさいと言われたら、起きるのは少々遅《おそ》なったかてかまへんさかい、返事だけはいちばんにしなはれや。


（「平林《たいらばやし》」や……！）

忠志が息を呑《の》んだとき、となりの友吉がにやにやしながら彼《かれ》の脇腹《わきばら》をひじでつついてきた。定吉が出てるで、と言いたいのだろう。このあたりは、忠志の小学校の友だちと変わらない。だが、忠志はそれどころではなく、食い入るように高座《こうざ》の粋梅を見つめた。生まれてはじめて聴《き》く、寄席《よせ》での落語である。

それは、前回路上で聞いたときよりもさらに見事な出来栄《できば》えのように忠志には思えた。身振《みぶ》り手振《てぶ》りもダイナミックでいきいきしており、客はくすぐり（笑わせどころ）のひとつひとつに爆笑《ばくしょう》している。友吉も、十郎右衛門も、お供《とも》のふたりも笑っている。そして忠志も、何度も聞いているネタなのに、まるではじめて耳にしたような新鮮《しんせん》さで、笑いまくってしまった。

（なんでや。よう知ってる落語やなのに、なんでこんなに面白いんや……）

粋梅は、観客全員の心をつかみ、ぐいぐいと引《ひ》っ張《ぱ》っていく。忠志も引《ひ》っ張《ぱ》りまわされるひとりだ。

（すごい……！　こんなもん、百年かかってもかなわんわ）

素直《すなお》にそう思ったが、同時に、

（こんな風に演《や》ってみたい！）

という気持ちもわき起こった。

「おなじみの『平林《たいらばやし》』という落語でございました。これにて失礼して、おあとと交替《こうたい》させていただきます」

オチを言い終えた粋梅が、そう言って頭を下げたとき、忠志は思い切り拍手《はくしゅ》した。

当然、ほかの客もそうするものだろうと思っていたが、拍手《はくしゅ》しているのは忠志だけだった。

（なんや、みんな冷たいなあ……）

忠志は、よりいっそう力強く手を叩《たた》いた。みんな、拍手《はくしゅ》したれよ、という思いをこめてのことだったが、なぜか友吉や十郎右衛門は困《こま》ったような顔で忠志《ただし》を見ている。

それでも拍手《はくしゅ》を続けていると、さっきのガラの悪い客が振《ふ》り向《む》き、

「こらあ、おまえ。三度目はない、て言うたよな。丁稚《でっち》のくせにこんなとこでずるけよって。主《あるじ》のしつけが悪いんや。ガキやと思て調子こいとったら、どえらい目にあわすで」

え？　え？　なにがあかんの？　忠志がビビりながらも当惑《とうわく》していると、十郎右衛門があいだに入り、

「重ねがさね相済《あいす》まぬ。このものはわしの親類でな、今日はじめて寄席《よせ》に連れてきたのだ。こういうところの習わしも作法もわからぬで、わしの顔に免《めん》じて勘弁《かんべん》してやっ

てくれ。このものも、粋梅師匠《ししょう》の噺《はなし》があまりに面白うて、その気持ちをどうにかして表したいと手を叩《たた》いたにちがいない。さぞやかましかっただろうが、許《ゆる》してくれい」

「あ、いや……お侍《さむらい》さんにそないにしていただくことはおまへんのや。この丁稚《でっち》の粗相《そそう》を、ちょっとたしなめただけでおますさかい、気になさらんように。けど……つぎに連れてくるときは、よう仕込《しこ》んどいたほうがよろしいで」

「あいわかった」

いつのまにか粋梅は高座《こうざ》からいなくなっていた。

「さ、参ろうか」

十郎右衛門は立ち上がった。

「え？　もう終わり？」

忠志が言うと、

「終わりではないが、わしは粋梅さえ聞ければそれでよいのだ。おまえたちも使いの途上《とじょう》であろう。主《あるじ》にしかられぬうちに行くがよい」

「そ、そやった。わて、お使いの途中《とちゅう》やったんや」

青い顔になった友吉を先頭に、忠志たちは木戸をくぐって寄席《よせ》の外に出た。

「それにしても、なにゆえおまえはあんなことをしたのだ」

十郎右衛門が忠志に言った。

「あんなこと、て……どんなこと？」

「噺《はなし》が終わったあと、手をパチパチとしつこく叩《たた》き合《あ》わせたではないか。あれはなんのつもりだ」

そのとき、寄席《よせ》の裏手《うらて》から現《あらわ》れたのは笑酔亭粋梅だった。

「本日は、ようこそのお運びでおそれいります」

十郎右衛門は上機嫌《じょうきげん》で、

「いやあ、粋梅師匠《ししょう》おんみずからのご挨拶《あいさつ》とは恐縮《きょうしゅく》だ。わしは師匠《ししょう》の噺《はなし》目当てでこの席に師匠《ししょう》が出るときはいつも通うておるのだが、今日もおおいに堪能《たんのう》させていただいた。――あのネタはなんと申したかな」

「『平林《たいらばやし》』でございます」

「おお、そうであった。たしかに漢字のなかにはいくつかのカタカナにわけられるものもあるのう」

そう言ったあと、十郎右衛門は腕組《うでぐ》みをしてなにやら考えはじめた。それを見て粋梅は忠志に近づくと、耳に口を寄《よ》せて、

「ぼん、なんでここにおるんじゃ」

「や、やっぱりお爺《じい》さんが粋梅やったんか。――粋梅さんこそ、なんでいてはるんです？　俺《おれ》は、彦八《ひこはち》神社の石碑《せきひ》のまえにいたら、いつのまにかこっちに来てしもてたんです」

「おまえ、そこで落語演《や》ったんとちがうか」

「なんでわかるんです」

「やっぱりな。あの石碑《せきひ》はわしらの世界と江戸《えど》時代をつなぐタイム……タイム……」

「タイムトンネルですか？」

「それや。そのトンネルらしい。それも、なんでかわからんけど、あそこで落語を演《や》らんと時間を飛ぶことはないのや。――それにしても、ぼん、落語がしてみとうなったんか」

「は、はい……」

粋梅は目を細めると、

「わしも最初、酔《よ》っ払《ぱろ》うてあそこでネタ繰《く》ってたら、こんなとこに来てびっくりしたけどな、こっちにも寄席《よせ》があるのがわかって、いっぺん江戸《えど》時代の連中のまえで落語をしてみとうなったんや。やってみたら案外ウケるもんでなあ、今はこの先にあるボロ長屋に住んどる。二十一世紀にはめったに戻《もど》らん」

「こっちのほうが居心地《いごこち》がいいんですか」

「うーん……どっちもどっちやな。ええとこもあるけど悪いとこもある。酒は、甲乙《こうおつ》つけがたいわ」

「……………」

「わしが未来から来た、ゆうこと、こいつらに言うたらあかんぞ。それと、未来に帰っても、わしが江戸《えど》時代におるゆうこともだれにも言うんやない」

粋梅がそう言ったとき、

「わかったぞ！」

十郎右衛門が大声を上げた。

「なにがわかったん？」

友吉がきくと、

「おまえの行き先だ。——ちょっとこっちに来い」

十郎右衛門は友吉の手を引いて、大通りを走り出した。お供《とも》のふたりもついていく。忠志と粋梅も、なんだかわからぬままあとを追いかけた。十分ほど走ったところで、

十郎右衛門は一軒《けん》の大きな店のまえに立ち、

「友吉、おまえの行き先はこの店ではないか？」

そう言って、店ののれんを指差した。そこには、

加賀見屋《かがみや》

という名前が染《そ》め抜《ぬ》かれていた。友吉の顔が、電気を点《つ》けたように明るくなった。

「こ、ここや。加賀見屋《かがみや》はんや。うわあ、これでお使いできる。番頭さんにどつかれんですむ。お侍《さむらい》さん、おおきに……おおきに！」

十郎右衛門はにこにこ顔でうなずき、

「よかったのう。では、わしはこれで……」

行きかけたので、忠志はその袖《そで》をつかみ、

「ちょ、ちょっと待って。なんでこの店やとわかったんですか」

「ああ、さっきの粋梅師匠《ししょう》の落語を聞いて、ふと思ったのだ。『ケロケロイハチイハチ』というのは友吉の覚え間違《まちが》いで、番頭は『カロカロメハチメハチ』と言うたのではないか、とな」

「カロカロ……メハチメハチ？」

忠志が友吉の顔を見ると、友吉は頭をかいて、

「そ、そ、そうやったかもわからんな……」

十郎右衛門は指で地面に字を書いて、

「加賀見《かがみ》という漢字は、『加』がカと口、『賀』がカと口と目と八、『見』が目と八……すなわちカと口が二組と、目と八が二組に分けられる。つまり、カロカロメハチメハチではないか。どうだ、友吉、番頭はそう言うたのではないか」

「そ、そ、そうやったかもわからんな。——そや！　わて、加賀見《かがみ》屋はんにこれ届《とど》けてこな……」

友吉は風呂敷《ふろしき》を抱《かか》えて、店に入っていった。

「うはははは」

十郎右衛門は豪快《ごうかい》に笑うと、

「わしもそろそろ勤《つと》めに戻《もど》らねばならぬ。忠志とやら、またどこかで会おう。おまえがまことにわしの子孫のように思えてきたぞ」

「ほんまに子孫なんやってば」

「わっはっはっはっ……」

十郎右衛門は笑いながら行ってしまった。

「豪傑《ごうけつ》やなかったけど、ええおっちゃんやったなあ……」

そう言いながら忠志が粋梅を見ると、老人は背中《せなか》を丸め、まだぜいぜいと荒《あら》い息をしている。

「俺《おれ》が来てるのわかってたんですか」

「なんでそう思うねん」

「『平林《たいらばやし》』を演《や》ってくれたから……」

「ま、そういうこっちゃ」

「けど、俺《おれ》、いちばん後ろに座《すわ》ってたのに……」

「落語家も入門したてのころは、最前列の客の顔も見られへんぐらい自分のことで精《せい》いっぱいやけど、年季が入るとな、高座《こうざ》からいちばんうしろの客の顔までよう見えるんや」

なるほど。

「『平林《たいらばやし》』、めちゃくちゃ面白かったのに、なんでみんな拍手《はくしゅ》せんかったんやろ」

「あのな、この時代の日本にはまだ拍手《はくしゅ》の習慣《しゅうかん》がないのや。あれは、明治以降《いこう》に西洋から入ってきたもんや」

はあー……それでみんなきょとんとしてたんか……。

「粋梅さんは、なんでこっちの時代にいてはるんですか」

「いろいろと落語の勉強になるさかいな、住みついてしもたんや」

「勉強？　そんな歳《とし》になっても勉強せなあかんのですか」

「あたりまえやないか」

「あんな尺八《しゃくはち》の真似《まね》とか『百眼《ひゃくまなこ》』とかが勉強になるんかなあ……」

「あいつらはプロやない。素人《しろうと》や。この時代は、プロの噺家《はなしか》と素人《しろうと》が混《ま》じって寄席《よせ》に出とったんやな。せやけど、プロのなかには、わしでも感心するような上手《うま》い噺家《はなしか》もおるで。そういうのを聞かせてもらえるのはありがたいことやないか。それに、さっきの『百眼《ひゃくまなこ》』みたいな、滅《ほろ》んでしもた芸を見られるし、だいいち上方《かみがた》落語の舞台《ぶたい》になっとる江戸《えど》時代の大坂《おおさか》をこの目で見られるゆうのがなによりの勉強や」

「そうかなあ……」

「学校の勉強だけが勉強やないで。人間、おぎゃーと生まれたら、死ぬまで勉強せなあかんのや。しくじったり、人前で恥《はじ》かいたりするのも全部勉強やないか」

「…………」

「おまえは、未来へ戻《もど》りたいんか」

そう言われると、すぐには答えられなかった。もっとこちらの世界を見てみたい気持ちもある。どこかの商家に丁稚《でっち》として住《す》み込《こ》んだら、なんとか暮《く》らしていけるんやないか……。そんな忠志の胸《むね》のうちを見透《みす》かしたように粋梅が言った。

「わしにはもう身内はおらん。気楽な身のうえやさかいなにしてもかまへんけど、おまえはちがうやろ」

そや……俺《おれ》には、向こうにおとんがおる。おじいもおばあも、真一《しんいち》も恵子《けいこ》もそれに……それに……。

(落語会で「平林《たいらばやし》」をせなあかん……！)

心が、決まった。

「ま、どっちゃでもおまえが決めるこっちゃ。――未来に戻《もど》るには、彦八《ひこはち》神社の石碑《せきひ》のまえで逆立《さかだ》ちしながら落語をするんや。なんのネタでもええ」

「俺《おれ》……逆立《さかだ》ちでけへん」

「情《なさ》けないやっちゃな。頭つけても、どこかに寄《よ》りかかってでもええから、とにかく逆立《さかだ》ちせえ」

「わ、わかった」

「ほな、わしは寄席《よせ》に戻《もど》るさかいな」

粋梅が行ってしまうのと入《い》れ替《か》わりに、

「おまたせー」

店のなかから友吉が現《あらわ》れた。

「あー、これでなんとかお使いがでけた。番頭はんにしかられんですむ。定吉っとん、おおきに。わて、店に戻《もど》るわ。——また、会おな」

「お……おお、そやな」

もし自分が未来に戻《もど》ったら、学校だ塾《じゅく》だといそがしい日々が待っている。せっかく仲良くなった友吉と会うことは当分ないだろう。そう思うと、胸《むね》がしくっとなった。

「定吉っとんもビリケン屋に戻《もど》るんか」

「俺《おれ》、彦八《ひこはち》神社に用があるんや」

「彦八《ひこはち》神社やったらうちの店のすぐ近くや。途中《とちゅう》まで一緒《いっしょ》に行こ」

ふたりは、野良犬《のらいぬ》をからかったり、駄菓子《だがし》屋《や》をひやかしたり、空き地で遊んだりとさんざん道草を食いながら、友吉の店に向かった。

「ケロケロイハチイハチ、おもろかったなあ」

忠志が言うと、

「ほんまやな。あんなことしたん、生まれてはじめてや。今度また、ふたりでやろか」

友吉ははずんだ声でこたえた。

「あのお侍《さむらい》さんに言われて、思い出したわ。わて、番頭はんに言われたんや。『加賀見《かがみ》』ゆう字をバラバラにしたらカロカロメハチメハチになるやろ。それでもおまえは『忘《わす》れ』やさかい、もうひとつの目安を教えたる。わしの名前は伊八《いはち》や。自分では男前やと思とるけど、目が大きゅうて離《はな》れてるよって、店のもんが皆《みな》、陰《かげ》では『カエルの伊八《いはち》』て呼《よ》んどるのも知っとる。カエルの鳴き声はケロケロや

から、ケロケロイハチイハチ……それやったら忘《わす》れへんやろ。そこから、カロカロメハチメハチを思い出して、最後には加賀見屋《かがみ》はんを思い出すんやで。わかったな。——番頭はん、そない教えてくれはったんや」

友吉は立ち止まると、

「あそこがわての店やねん。彦八《ひこはち》神社は、あっちの角を右に曲がって、あとはずっとまっすぐや。——ほな、定吉っとん、また遊ぼな」

大通りに面した大店《おおだな》で、紺色《こんいろ》ののれんには「紀州屋《きしゅう》」という名前が大きく染《そ》められている。店の表を掃《は》いていた丁稚《でっち》が、友吉を目ざとく見つけて近寄《ちかよ》ってきた。友吉よりも年長らしく、背《せ》が高くて顔がひょうたんのように長い。

「友吉！　帰りが遅《おそ》いいうて、番頭はんカンカンやで」

「えーっ！」

友吉が店に走《はし》り込《こ》むやいなや、なかから怒《ど》鳴《な》り声《ごえ》が聞こえてきた。

「こらあ、なんぼなんでも帰りが遅《おそ》すぎるがな！　どこで油売ってたんや」

「油なんか売ってまへん。番頭はん、ぼけたんとちがいますか。うち、古手屋だっせ。油なんか扱《あつこ》うてまへんがな」

「アホ！　仕事をなまけることを油を売るというんや」

「なまけてえしまへん。加賀見屋《かがみや》はんにお使いに行って、まっすぐ帰ってきました」

「加賀見屋《かがみや》はんからうちまで、どれだけかかっとんねん。どうせまた、どこかで買い食いしたり、よその丁稚《でっち》とほたえたりしとったんやろ」

「そそそんなことしてまへん。行先をド忘《わす》れしてしもて、思い出すのにえろう手間《てま》暇《ひま》かかったもんで……」

「あれだけ目安教えたったのに、ほんまアホなやつやなあ。――そんなことより、つい今しがた、加賀見屋《かがみや》はんからお使いが来て、添《そ》え状《じょう》と現物《げんぶつ》が合わへんて言われたんやが、どういうこっちゃ！」

「ほ、ほんまだっか」

「子ども用の木綿単衣《もめんひとえ》もんがないらしい。わしがおまえの風呂敷《ふろしき》たしかめたときには、ちゃんと入っとった。どこかで落としたんか、それとも……」

「えーと……えーと……」

「それに、頼《たの》んだ覚えのない、南蛮人《なんばん》が着るみたいな変な古着が入ってました、て言うとったぞ。おまえ、なにしとったんじゃ！」

「そ、そ、そうや！」

そう声がしたかと思うと、のれんのあいだから友吉が飛び出してきて、いきなり忠志の着物をひっぱがそうとした。

「なにするねん！」

「ええからはよ脱《ぬ》いで。はよ！　定吉っとんに着せたこの着物、お使いもんやったのをコロッと忘《わす》れてた」

友吉は、忠志の帯を解《と》き、着物をぐいぐいと引《ひ》っ張《ぱ》る。

「ま、待てや。今脱《ぬ》ぐから……」

もともと借りものだから仕方ないが、なかばむしりとられるように着物を脱《ぬ》がされ
「おい、俺《おれ》の服は？」

「あっ、加賀見《かがみ》屋はんに渡《わた》してしもた。ちょっと辛抱《しんぼう》しとって！」

叫《さけ》ぶようにそう言うと、友吉は着物を抱《かか》えてふたたび店に飛《と》び込《こ》んでいった。パンツ一丁の姿《すがた》になった忠志は大きなくしゃみをした。往来《おうらい》のひとたちがじろじろ見ている。若《わか》い女性《じょせい》もくすくす笑いながら通《とお》り過《す》ぎる。

（友吉、早よ出てきてくれ……）

店の看板《かんばん》の陰《かげ》に隠《かく》れて縮《ちぢ》こまっていると、さっきのひょうたん顔の丁稚《でっち》が不審《ふしん》そうににらんでくる。そりゃそうだろう、いくら江戸《えど》時代でも、裸《はだか》で店の看板《かんばん》に隠《かく》れているやつはほかにいない。しかし、ここを動くわけにはいかない。忠志は店のなかの会

話に聞き耳を立てた。

「おましたおました。これがその木綿単衣《もめんひとえ》もんでおます」

「なんで加賀見屋《かがみ》はんに渡《わた》さんかったんじゃ。――あ、だれかが着たあとがついとるやないか。はははあん、さてはおまえ……商売もんで遊んでたな！」

「ち、ち、ちがいますねん、それはでんなあ……」

「命より大事な商売もんでそんなことをするようでは将来《しょうらい》ろくな商人《あきんど》になれまへん。今日という今日は仕置きをします」

「け、けっこうだす」

「遠慮《えんりょ》するんやない。こういうことはその場で仕込《しこ》まんと、ど性根《しょうね》に入らんのや」

「お、お、お尻《しり》はあきまへん。今、でんぼができてまんねん。お尻《しり》だけは……あああ……ぎゃあああっ」

のれんの隙間《すきま》からのぞくと、友吉はこちらを向いて四つんばいになり、番頭らしき大男にお尻《しり》をひねられていた。顔をトマトのように真っ赤にして、

「痛《いた》たたたたた。カカカカ堪忍《かんにん》しとくなはれ！」

「もう、商売もんで遊ばへんか！」

「ごめんなさい。もうしまへん！」

「もう、お使い先を忘《わす》れへんか！」

「ごめんなさい、ごめんなさい！」

「もう、お使い遅《おそ》うならへんか！」

「ごめ……あ痛《いた》たたたた……うんぎゃあっ！」

その悲鳴とともに、忠志の脇腹《わきばら》をなにかが触《さわ》った。見ると、ひょうたん顔の丁稚《でっち》がホウキの柄《え》でつついているのだ。

「おまえ、さっきからなにしとんねん。裸《はだか》で、店のぞきこんで……怪《あや》しいやつやな」

忠志は、はじかれたように跳《と》び上《あ》がると、友吉に教わった道を全速力で彦八《ひこはち》神社に向かった。パン一なので、とにかく一刻《いっこく》も早く神社にたどりつきたかった。往来《おうらい》するひとたちが、

「見てみ、裸《はだか》の子ども走っとるぞ」

「さっき、ケロケロ……言うて騒《さわ》いでたやつとちがうか」

さいわいにも神社はすぐ近くで、汗《あせ》だくで鳥居《とりい》をくぐると、境内《けいだい》にひとの姿《すがた》はなかった。

裏手《うらて》に回り、石碑《せきひ》のまえに立つ。忠志の時代には文字がすっかりすり減《へ》って、なにが書いてあるのかわからなかったが、今なら読める。

落としはなしの祖《そ》　よねさわ彦八《ひこはち》の碑《ひ》

と書いてあった。

（ここで、逆立《さかだ》ちするんやったな……）

忠志は土のうえに手を突《つ》き、足で地面を蹴《け》った。しかし、うまくいかない。あたりまえだ。生まれてから一度も、逆立《さかだ》ちなんか成功したことがないのだ。何度かチャレンジして、そのたびにひっくり返る。身体中《からだじゅう》泥《どろ》だらけだ。頭をつけて三点倒立《とうりつ》もやってみたがダメだった。

十二回目の失敗のとき、小石でしたたかに背中《せなか》を打った忠志は石碑《せきひ》のまえに仰向《あおむ》けに横たわり、はあはあと荒《あら》い息を吐《は》いた。

「もうあかん……もう無理や……」

独《ひと》り言《ごと》で弱音を吐《は》いていると、

「どんくさいやっちゃなあ」

グサッ。

声がした方に顔を向けると、粋梅が立っていた。

「無理やったらしゃあない。いつまでもここにおるんやな。ほな、さいなら」

忠志は、がばっと起き上がり、

「ちょ、ちょっと待ってくれ！　帰る。ぜったい帰る！　今すぐ帰る！　俺《おれ》らのほうが学校とか塾《じゅく》とかテストとかたいへんやと思てたけど、江戸《えど》時代の丁稚《でっち》のほうが勉強も仕事もずっとたいへんや。家にも帰られへんし、遊ばれへんし、覚えることもいっぱいありすぎる」

「ははは……ま、ええやろ。わしが見といたるさかい、もっぺんやってみい」

忠志は最後の力を振《ふ》り絞《しぼ》って、石碑《せきひ》に向かってしっかりと地面に手をつき、足に力を込《こ》めた。両足で思い切りキックした瞬間《しゅんかん》……身体《からだ》がふわりと浮《う》いた。いつもとちがう感覚だ。まるで……まるでその……宇宙《うちゅう》遊泳してるみたいな……。また倒《たお》れるのかな、と思ったが、なぜかそのままの姿勢《しせい》がキープできた。

「できた！　俺《おれ》できた！　逆立《さかだ》ちできた！　すごい！　俺《おれ》すごい！」

「やかましなあ。とっとと落語せんかい」

「あ、そや」

忠志は大急ぎで「平林《たいらばやし》」を演《や》りはじめた。なにしろ、これしかできないのだ。

しばらくのあいだおつきあいをねがいますがこれさだきちさだきちへーいなんやそこにおつたんかおまえはへんじがうれしいなほうこうしてるときはたつよりもやごえというてへんじがいちばんやあさおきるときでもそやでさだきちおきなさいやといわれたらららりりりりるるるれれれれろりるれらりるれ……。

しゃべっているあいだに身体《からだ》がしびれてきた。目のまえがチカチカ点滅《てんめつ》しはじめ、視界《しかい》がぐにゃり、とゆがんだ。なにか大きな「刀」のようなものが、時間と空間をばっさりとふたつに斬《き》り裂《さ》いた。忠志の身体《からだ》は小さな分子のレベルにまでちりちりと分解《ぶんかい》し、プールの栓《せん》を抜《ぬ》いたときのようにぐると回りながら吸《す》い込《こ》まれていった。

目を回しながら、忠志は言った。

「粋……梅……さん……」

「なんじゃや、今ごろになって」

「忘《わす》れ……てた……粋……梅……さん……は……うち……の……おとん……の……師匠《ししょう》……なんか？」

「はあ？　なんのこっちゃ」

「う……ちの……おとんが……言う……とった……わ……しの……師匠《ししょう》……は……笑酔……亭……粋……梅や……て……」

「おまえのおとん、なんちゅう名前や」

「きよ……み……ちゅ……うた……ろう……です……」

「ほっほう……おまえ、忠太郎《ちゅうたろう》のせがれやったんか。そうか、どうりでなあ。そうか……」

「なんで……うちの……おとん……落語……家……でも……ないのに……粋梅……さんの……」

そこまで言ったとき、忠志の目のまえがまっ黄色になった。同時に、頭のうえから「文字」が降《ふ》ってきた。

これ、これこれこれ。これこれこれこれ。定吉。定吉。定吉。またですか。。。またですかまたですか。またまたまたまたですか。というやつがいてきましょ。口移しでけっこう。けっこう。けっこうなお天気さんで。天気、天気、お天気さんでございますと。。。。たいらばやしかひらりんか。ひらりんか。ひらり。ひらり。ひらりんか。ひらひらひらひらひらりんか。いちはちじゅうのゆうたやろ。定吉。定吉。定吉。へーい。戸がなかったら障子《しょうじ》にしとしとしとしと。それでええのや。それでええのや。それでええのや。ええのや。のやのやのやのや。のやのやのやのやのや

9 サダキチの帰還《きかん》

忠志《ただし》は目をあけた。小石の転がった地面に横になっている。すぐまえに石碑《せきひ》がある。文字はすり減《へ》っていて読めない。

（夢《ゆめ》やったんか……）

塾《じゅく》に行く途中《とちゅう》でここに寄《よ》ったとき、貧血《ひんけつ》にでもなったんやろか。そらそうやな。タイムスリップなんかありえへん。今のは夢《ゆめ》や。俺《おれ》があんまり「平林《たいらばやし》」のことばっかり考えてたから、変な夢《ゆめ》見たんや。きっとそうや………。

「へーっくしょん！」

忠志は大きなくしゃみをした。寒い。自分の身体《からだ》を見る。

パン一だ！

（ま、マジか……！）

夢《ゆめ》やなかった。あれはほんまのことやったんや。

忠志は立ち上がり、身体《からだ》についた土や雑草《ざっそう》を払《はら》うと、猛《もう》ダッシュで家に向かった。

道の両脇《りょうわき》に並《なら》ぶ家も、電柱も、交通標識《ひょうしき》もなにもかも元のままだ。やっと「戻《もど》ってきた……」というホッとした気持ちがこみ上げてきたとき、「居酒屋《いざかや》・笑酔《しょうすい》」の看板《かんばん》が見えた。

（ものごっつ時間経《た》ってるはずや。おとん、めちゃくちゃ怒《おこ》りよるやろな……）

足がすくんだが、この恰好《かっこう》では外にはいられない。店の戸を開け、頭だけをなかに入れると、

「おとん、ごめん！」

開口一番そう言って頭を下げたが、厨房《ちゅうぼう》にいた忠太郎《ちゅうたろう》は、へ？　というような顔で忠志を見ている。

「えらい遅《おそ》なってしもて……でも、これにはいろいろとわけがあるねん」

「遅《おそ》なったて……おまえ、二、三分まえに塾《じゅく》行く言うて出て行ったとこやないか」

「――え？」

「なにしに帰ってきたんや。はよ赤松塾《あかまつじゅく》行かんかい」

そ、そうか……。アニメとかでよくあるやつだ。タイムマシンで過去《かこ》や未来に行って、そこで何日過《す》ごしたとしても、戻《もど》ってきたら、こちらではまるで時間が経《た》っていなかったという、あれといっしょだ。

「わかってる。ちょっと忘《わす》れもの取りに帰ってきただけや」

「なにを忘《わす》れたんや」

「服や！」

忠志はそう叫《さけ》ぶと、だだだだっ……と二階に駆《か》け上《あ》がり、急いで服を着ると、階段《かいだん》を駆《か》け下《お》りて家を飛び出した。

「おまえっちゅうやつはほんまにアホ……」

忠太郎の怒鳴《どな》り声《ごえ》に尻《しり》を蹴《け》られるような思いで、忠志は塾《じゅく》に向かって走った。

こわごわ門をくぐった赤松塾《あかまつじゅく》だったが、意外や意外、赤松豪三郎《ごうざぶろう》先生は顔は怖《こわ》いし、声も大きいが、すごく優《やさ》しいし、面白いひとだった。しかるときはしかるが、無意味に生徒をどついたりしないようだ。聞くと見るとはおおちがい、というやつだ。もしかしたらあのお爺《じい》さん……粋梅《いきうめ》と接《せつ》しているうちに、怖《こわ》そうな年寄《としよ》りに慣《な》れてしまったのかもしれない。
今日は入塾《にゅうじゅく》テストだけだったのですぐに帰宅《きたく》すると、さっそく父親にきかれた。

「どうやった？」

「ええ感じや。週二回やったら、通えると思う」

「そらよかった。これで成績《せいせき》も上がるやろ」

忠太郎はうれしそうにそう言いながら、アジを三枚《まい》におろしている。

「──あ、そや。おとん、うちの先祖《せんぞ》のことやけどな……」

「清海十郎右衛門《きよみじゅうろうえもん》のことか」

「そや。ほんまに豪傑《ごうけつ》やったんか？　山賊《さんぞく》を退治《たいじ》したり、熊《くま》を捕《つか》まえたりしたゆうとったけど、あれ、嘘《うそ》とちがうか」

「わしはおじやんからそう聞いとるけどなあ。──おじやん、ちょっと来てくれ」

忠太郎は二階に向かって大声で言った。

「なんやあ……？」

ステテコにパッチというくつろいだスタイルのおじやんがひょこひょこ階段《かいだん》を降《お》りてきた。

「うちの先祖《せんぞ》の十郎右衛門て、ほんまに豪傑《ごうけつ》やったかどうかて忠志がきいとるんやけどな」

「うーん……豪傑《ごうけつ》やったかどうかは知らんけど、えらい殿《との》さまのお気に入りやったらしいで。なんか大手柄《おおてがら》を立てて、ごっつうほめられたていうさかい、たぶん山賊退治《さんぞくたいじ》したりしたんやろ」

　ええかげんな話だ。

「忠志、なんでそんなこときくねん」

「あ、いや、なんでもないねん」

　自分の部屋に入った途端《とたん》、一日の疲《つか》れがどっと出てきた。今日はあまりに盛《も》りだくさんすぎたが、落語会に向けての準備《じゅんび》をおこたるわけにはいかない。

（稽古《けいこ》や。稽古《けいこ》するんや……）

　眠《ねむ》い目をこすりながら、忠志は壁《かべ》に向かってネタ繰《く》りをはじめた。


　まだ十日ある。最初はそう思っていた。ゆっくり稽古《けいこ》したら大丈夫《だいじょうぶ》……。

　そのはずだったのだが、きのううまくいったことが今日はできない、翌日《よくじつ》はもっと悪くなる、今日こそはと意気込《いきご》むとよけいに舌《した》がもつれる、簡単《かんたん》なセリフが思い出せない……そんなこんなで一日ごとに自信がなくなっていった。

そして……。

「あっ！」というまに、落語会の当日になった。なってしまった。

稽古《けいこ》は十分にしたつもりだったが、不安が波のように押《お》し寄《よ》せてくる。学校に行くのが嫌《いや》だった。

（腹痛《はらいた》やいうて休んだろか……）

そんなことを思ったりもしたが、もちろんそれはできない。先生たちがいろいろ準《じゅん》備《び》して、みんなも期待して待っているのだ。

「行ってくるわ」

父親にそう言って、家を出ようとすると、

「なんや、元気ないなあ。調子悪いんか」

のろのろとかぶりを振《ふ》り、外に出る。

まわりの景色《けしき》もまるで目に入らない。学校が近づいてくるにつれて、足取りも気持ちもどんどん重くなっていく。

（もし、すべったらどないしょ）

こないだはその場の勢《いきお》いでなんとかのりきったが、今回はそうはいかない。百人以上が聴《き》いているところで、ちゃんと一席の落語を演《や》らねばならないのだ。そこで大すべりしたら……。忠志は、「満場亭《まんじょうてい》」で見た物真似《ものまね》芸人を思い出した。もし、あんなことになったら、明日から学校行かれへん……。

「あかん、そういう想像《そうぞう》したら、なんぼでも悪いほうに考えてまう」

そや……絶対《ぜったい》でけへんと思ってた逆立《さかだ》ちもできたやないか。

忠志は顔をパンッ！　と叩《たた》いて気合いを入れた。

その気合いは五分も続かなかった。忠志は、通学路の脇《わき》にある花壇《かだん》のレンガに腰《こし》をおろして、ため息をついた。
（なんで、こんなこと『やる』て言うてしも

たんやろ……）

　俺《おれ》はアホや。そう思ってうつむいていると、

「あっ、こんなとこにおったんか」

　顔を上げると、真一《しんいち》がいた。

「遅《おそ》いから迎《むか》えにきたんや。逃《に》げたかと思ったで」

「逃《に》げたいんや」

「そんなわけにいくかい。もう準備万端《じゅんびばんたん》整ってる。先生たちも早く来て、講堂《こうどう》の設営《せつえい》してるし、みんな楽しみにしてるんや」

「俺《おれ》は楽しみやない」

「ごちゃごちゃ言うてんと、ほら、立てや。行くで」

　真一が差し出した手を忠志は振《ふ》り払《はら》った。

「行かへん」

「なんで行かへんねん」

「――怖《こわ》いんや」

「はあ……？　落語一席やるぐらい、なにが怖《こわ》いねん。まえみたいに、ちゃっちゃーっとやったらええやん」

「すべったら恥《はじ》や」

「幼稚園児《ようちえんじ》みたいなこと言うなや。キャット先生にしかられるで」

「行って恥《はじ》かくぐらいやったら、しかられたほうがましや。――帰るわ。先生には、腹痛《はらいと》なった、て言うといてくれ」

「ひきょうやぞ。いっぺん約束したことやないか」

カッと頭に血が上った。

「ひきょう？　漫才《まんざい》やるて言うといて、直前にビビッてケツ割《わ》ったおまえに言われたくないわ」

「俺《おれ》はひと前に出るのに向いてなかった。せやからマネージャーに転向したんや。今はおまえを舞台《ぶたい》に上げるのが俺《おれ》の仕事や。――さあ、行こ」

「嫌《いや》や。行かへん言うたやろ」

行く行かへんで揉《も》めていると、

「いたいた」

吉永恵子《よしながけいこ》が小走りにやってきた。

「恵子、ええとこに来てくれた。タダッチが、落語したくない言うてダダこねてるねん。おまえも説得してくれ」

「説得？　そんなことする必要ないよ」

吉永恵子は忠志の後ろにまわると、脇《わき》のしたに手を入れ、ぐいっと彼《かれ》を持ち上げた。両足の先が地面から離《はな》れた。

「な、なにするねん！」

「なにする、て、このまま学校まで運んでいくに決まってるやろ。みんな、清海《きよみ》くんの落語、楽しみにしてるねん。私《わたし》もや」

「放せ！　おろせ！　かっこ悪いやろ！」

忠志は足をじたばたさせた。こんなところをだれかに見られたら学校中の噂《うわさ》になる。しかし、サッカー部キャプテンの力はものすごく、忠志をクレーンのように吊《つ》り上《あ》げたままだ。

「わかったわかった。学校行く。行くからおろしてくれ」

「ほんまやな」

「ほ、ほんまや」

ようやく恵子は忠志を解放《かいほう》した。遊園地のフリーフォールのように自由落下した忠志は地面にはいつくばり、

「くそっ、どいつもこいつも俺《おれ》が恥《はじ》かくとこ、そんなに見たいんか」

恵子は、鼻と鼻がくっつくほど顔を忠志に近づけると、

「男やったら、腹《はら》くくって、みんなのまえで大恥《おおはじ》かいてみい。それでみんなが笑ったら、大成功やん」

忠志ははっとした。

（そうか……落語はひとを笑わすもんや。恥《はじ》かいて笑われても、おんなじことや……）

忠志は立ち上がると、真一に、

「悪かったな。俺《おれ》、学校行くわ」

真一はにやりとして、

「それでこそタダッチ、いや、サダキチや」

10　大落語会

授業中《じゅぎょうちゅう》は、なるべく落語会のことを考えまいとしていたので、なんとか平静に過《す》ごすことができた。給食を食べたあとの休み時間も、クラスの友だちが話しかけてくるのを、真一《しんいち》がせき止めてくれたので、最後のネタ繰《く》りに時間を費やせた。

昼休み終了《しゅうりょう》のチャイムが鳴り、皆《みな》が教室に入ってくるまえに、忠志《ただし》は準備《じゅんび》のためひとりで講堂《こうどう》に向かった。なぜか真一もいっしょに来た。

「なんでおまえがついてくるねん」

「マネージャーとして当然やろ」

「俺《おれ》が逃《に》げ出《だ》すと思て、監視《かんし》してるんか」

「そうやない。俺《おれ》としゃべってたほうが気がまぎれるかと思てな。邪魔《じゃま》やったら、向こう行っとくで」

「いや……おってくれ」

忠志は、真一の気持ちがうれしかった。

講堂《こうどう》に着くと、先生たちによってすっかり支度《したく》が整えられていた。正面には、ちょうど舞台《ぶたい》の下あたりに、机《つくえ》を組み合わせたうえに赤い毛氈《もうせん》をかけた「高座《こうざ》」が作られている。その横には、テレビの演芸《えんげい》番組でたまに見る「めくり」が置かれ、「清海定吉《きよみさだきち》」という名前が筆で書かれていた。おそらく書道の先生に頼《たの》んだのだろう。

「あ、清海くん、こっちよ」

舞台《ぶたい》の裏《うら》に通じる扉《とびら》からキャット先生が手《て》招《まね》きをした。

「これに着替《きか》えてちょうだい。ちょっと雰囲気《ふんいき》出るでしょ」

見ると、黄色い浴衣《ゆかた》だ。
「出囃子《でばやし》をCDでかけるから、それが鳴ったら出ていってね。あとはお任《まか》せします。終わったらまたCDを流すから、お辞儀《じぎ》をして戻《もど》ってきてくれればいいわ」
「どこが終わりかわかりますか」
「こないだのお楽しみ会で一度聞いてるから大丈夫《だいじょうぶ》。あれから私《わたし》も、落語に興味《きょうみ》が出て、いろいろCDを聞いたり、DVDを観《み》たりしたのよ。落語って面白いわね。そう思えたのも、清海くんのおかげだわ」

へえー。

「なにかほかにある？」

「いえ……」

「じゃあ、あとはよろしくお願いね。五限目《げんめ》のチャイムが鳴ったら、みんなが入って
くるから、それまではここにいて」

そう言うと、先生は出て行った。入《い》れ替《か》わりに真一が入ってきて、

「どうする？　俺《おれ》もいといたろか」

「いや、おまえはいちばんまえで聞いといてくれ」

「了解《りょうかい》」

真一は去《さ》り際《ぎわ》に振《ふ》り返《かえ》り、

「リラックスやで、タダッチ」

やがて、チャイムが鳴《な》り響《ひび》いた。みんなが講堂《こうどう》に入ってくる、ざっ、ざっ、ざっ
……という上履《うわば》きの音が聞こえてくると、また緊張《きんちょう》が高まってきた。

「えー、今から三組の清海忠志くんが落語をする。ラ・ク・ゴ……わかるか？　昔の
お笑いみたいなもんだ」

体育教師《きようし》の満田《まんだ》が大声を張《は》り上《あ》げた。相撲取《すもうと》りのように大きな体格《たいかく》で、あだ名はマンタだ。

「江戸《えど》時代のもんだから、現代人《げんだいじん》には面白くないかもしれん。たとえば、えーと……歌舞伎《かぶき》とか文楽とか、まえに鑑賞会《かんしようかい》で見たことあったよな。クラシックみたいなもんで、正直言っておまえらにはむずかしくてわけがわからんかもしれん。そのつもりで見るように」

　これには三組から文句《もんく》が出た。

「タダッチの落語、めちゃめちゃおもろいんやで」

「私《わたし》も、落語てはじめて聞いたけど、あんな楽しいって知らんかった」

「マンタ先生、なんにもわかってへん」

　クラス委員の里浜俊彦《さとはまとしひこ》が立ち上がると、一組、二組のみんなに向かって、

「みんな、タダッチの落語はきみたちが聞いてもすごく面白いんだ。ぼくが保証《ほしよう》する。笑い死にに注意したまえ」

　一組、二組がざわついた。

「おい、九十九里浜《くじゆうくりはま》があんなこと言うてるで」

「あいつ、腹立《はらた》つやつやけど、言うことはたいがい合《お》うてるからな」

「ほんまに落語ておもろいんかもしれんで」

たいへんありがたいが、ハードルを上げられすぎるのも困《こま》る。

(笑い死に、は……無理やで)

そう思ったとき、

ちゃんちゃんちゃんちゃん
ちゃんちゃんちゃんちゃん……

出囃子《でばやし》がかかった。思わず、すぐに出て行きそうになったが、

(あわてたらあかん)

ぐっとこらえて、しばらく音楽を聴《き》いたあと、一呼吸《ひとこきゅう》置き、ゆっくりとドアから出た。目ざとく見つけただれかが、

「タダッチ!」

と声をかける。そちらのほうを見ないようにして、忠志は高座《こうざ》に向かった。

「みんな、拍手《はくしゅ》だ!」

満田がそう怒鳴《どな》った。いっせいに拍手《はくしゅ》が起きる。お楽しみ会のときとは比《くら》べものに

ならない大きな音だ。椅子《いす》に足をかけて高座《こうざ》にのぼり、ちょこんと座布団《ざぶとん》に座《すわ》った。正面を向くといやが上にもみんなの顔が目に入る。百二十人の視線《しせん》が自分に注《そそ》がれているのがわかる。左右には先生たちも並《なら》んでいる。後ろのほうには、見学者らしいおとなが何人かいるようだ。忠志は、まえにテレビで「緊張《きんちょう》のあまり、心臓《しんぞう》が口から出そうになった」とだれかが話しているのを聞いたとき、そんなはずあるかい、と思ったが、たしかに今、心臓《しんぞう》がばくばく音を立てながら口から出てきそうな気がする。

（逃《に》げ出《だ》したい……）

そんな気持ちがふたたび湧《わ》き起《お》こってきた。

拍手《はくしゅ》がおさまり、講堂《こうどう》のなかが静まり返った。

落ち着いているところを見せるために、わざとにっこりとほほ笑んでから、口を開いた。

（あれ？　変や……）

「えー」と言いたいのに、それが「音」にならない。口からは息が出ているだけだ。何度もつばを飲《の》み込《こ》んでから、ようやく忠志が発したのは、

「えー」

という痰《たん》がのどにからんだ、にごった音だった。だれかがくすくすと笑った。

「じばらぐのあいだおづぎあいをねがいまず」

ひび割《わ》れた声でそこまでしゃべったあと、「平林《たいらばやし》」に入ろうとしたのだが、頭の中が真っ白になっていた。どこを探《さが》しても、なにも出てこない。

（おかしい……あんなに稽古《けいこ》したのに……なんやったっけ……）

考えろ。出だしの一言は……えーと……。

（あかん。もうあかん……）

そのうろたえぶりがわかったのだろう、真一の声で、

「『これ定吉』や」

そ、そうや！　そうやった……。

「これ、定吉、定吉……」

失笑があちこちから起こり、みんなはひそひそ話をはじめた。

「なんや、そこにおったんか。おまえは返事がうれしいな……」

しゃべっても、だれも聞いていないのがわかる。頭に血が上る。顔が真っ赤になる。声が小さくなる。背中《せなか》と脇《わき》にものすごく汗《あせ》をかく。主人と定吉のやりとりを続けても、だれもくすりとも笑わない。あかん……すべった。もうやめたい。やめて帰りたい……。

「こらあ、しっかりせんかい。なにごとも勉強や！」

後ろのほうからそんな声がかかった。

（そ、そうや。しくじったり、人前で恥《はじ》かいたりするのも、全部勉強なんや）

そう思うと、急に落ち着いた。


「何をぬかすねん、ごちゃごちゃ言うてんと使いに行てこい！」

「へーい！　あっはっはっ、なぶったったら、しまいに怒《おこ》りやがんねん。けど、こない丁稚《でっち》使いの荒《あら》い家知《うち》らんわ。金使《つこ》たら減《へ》るけど、丁稚使《でっちつこ》ても減《へ》らんもんやさかい、朝から晩《ばん》まで丁稚《でっち》使うねん。これ、丁稚《でっち》やさかい持ってるねん。雑巾《ぞうきん》やったら、とうにボロボロになってしもてるわ」


ここで、くすっと笑いが来た。

（しめた……！）

ペースが戻《もど》ってきた忠志は、ここでみんなに江戸《えど》時代の丁稚《でっち》について説明を挟《はさ》んだほうがわかりやすいのでは、と思いついた。アドリブというやつだ。失敗するかもしれない。少し迷《まよ》ったが、口が勝手にしゃべりだしていた。

「江戸《えど》時代の丁稚《でっち》さんは、われわれと同じぐらいの歳《とし》ですが、学校もない、試験もない、怖《こわ》いゴリラゾンビ先生やマンタ先生もいてない……」

ドッカーンとウケた。

（やった！）

喜びを隠《かく》しながら続きを言う。

「現代《げんだい》に比《くら》べたら天国みたいな暮《く》らしやと思ってるかもしれませんが、そんなことはございません。六、七歳《さい》で寺子屋に行って読み書きそろばんを教《おし》え込《こ》まれ、十歳《さい》ぐらいで親もとを離《はな》れて丁稚奉公《でっちぼうこう》に出たら、店の仕事から旦那《だんな》や嬢《いと》はんのお供《とも》で荷物持ち、ぼんの子守りに掃除《そうじ》、お使い……朝から晩《ばん》までこき使われて、ちょっとでも暇《ひま》があったら商《あきな》いの勉強をさせられます。覚えることはいくらでもありますから、寝《ね》る間《ま》がないほどでございます。遊んだり買い食いするなんてとんでもない。給料はなく、たまにお小遣《こづか》いをもらう程度《ていど》。そのうえ、お休みは一年に二日間しかないのです」

ゴリラゾンビこと教頭の猿田《さるた》が、腕組《うでぐ》みをしながら「ふーむ」とうなっている。

「このひとにきいてみたろ。ちょっとおたずねします。すんまへんけど、この手紙読んでもらえまへんやろか」

「手紙かいな。ああ、丁稚《でっち》さん、こらなかなかきれいな字やな。えーと、上の字が『たいら』で、下が『はやし』……『たいらばやし』さんやな」

「ああ、『たいらばやし』さんでっか。なんか聞いたことない名前やな。──で、その『たいらばやし』さんのうち、ご存知《ぞんじ》でっか」

みんなのささやく声が聞こえる。

「さっき、ひらばやしさんとこ、て言うとったで」

「読み間違《まちが》えてるんや」

「ほかの家に着いてしまうんちゃうか」

ちゃんと聞いてくれているようである。

「ははあ、こら『たいらばやし』と読んだら間違《まちが》いやな。上の字は『ひら』、下の字は……『りん』。これは『ひらりん』さんじゃ」

笑いが大きくなった。忠志は声を裏返《うらがえ》るほど甲高《かんだか》くして、

「ひらりん？　けったいな名前だんなあ。で、その『ひらりん』さんゆううち、どこだっしゃろか」

「わしもそんな名前聞いたことない。自分で探《さが》し」

そして「いちはちじゅうのもくもく」から「ひとつとやっつでとっきっき」のくだりでは、百二十人が大爆笑《だいばくしょう》になった。

「そや。これ、みんな順番に言うて歩いたろ。そしたら、親切なひとが、定吉さん、こっちやで、て呼《よ》んでくれるかもわからん。そないしよ。たいらばやしかひらりんか、いちはちじゅうのもーくもく、ひとつとやっつでとっきっきっ！　これ、

おもろいなあ。たーいらばやしかひらりんか、いちはちじゅうーのもーくもく、ひとつとやっつでとっきっきっ！」

忠志は、「満場亭《まんじょうてい》」で見た粋梅《いきうめ》の仕草を思い出しながら、両手をうえにあげて、自動車のワイパーのようにできるだけ派手《はで》に動かした。先生たちも笑っている。忠志はふと、粋梅が言った、

「落語家も入門したてのころは、最前列の客の顔も見られへんぐらい自分のことで精《せい》いっぱいやけど、年季が入るとな、高座《こうざ》からいちばんうしろの客の顔までよう見えるんや」

という言葉を思い出していた。いちばんうしろの客……。

（――あれ？）

陰《かげ》になっていて顔がよく見えないが、あれは……。

「――『平林《たいらばやし》』という落語でございました。どうもありがとうございました」

忠志がサゲを言い終えて頭を下げると、皆《みな》が大きな拍手《はくしゅ》をしてくれた。

（この時代は、拍手《はくしゅ》してもしかられへんもんな……）

そう思っていると、満田がマイクに向かって、

「うん……おもしろかった。先生も、落語が面白いてはじめてわかった。清海にもっ

と拍手《はくしゅ》を……！」

拍手《はくしゅ》の音がさらに大きくなった。忠志は高座《こうざ》から降《お》り、舞台裏《ぶたいうら》に引《ひ》っ込《こ》むと、椅子《いす》に座《すわ》って大きくため息をついた。

（やった……俺《おれ》、やった！）

うれしくて、大声をあげて走り回りたい気分だったが、同時に疲《つか》れ切《き》っていて、このまま寝《ね》てしまいたいとも思った。たった十五分ほどだったが、二時間ほどに思えた。でも、ものすごく短かったようにも感じた。

ひとを笑わせる……なんて気持ちいいのだろう。

（またやりたい）

さっきまであれほど、怖《こわ》いやめたい帰りたい、と思っていたのが嘘《うそ》のように、忠志は落語がまたやりたくてやりたくてたまらなかった。

教室に戻《もど》ってからも、

「タダッチ、すごいなあ」

「あんなん、よう覚えられるな」

「あんな大勢《おおぜい》のまえに出たら、俺《おれ》やったらビビッてまうわ」

キャット先生やクラスのみんなに口々にほめられ、忠志は有頂天《うちょうてん》になった。

放課後、吉永恵子《よしながけいこ》に呼《よ》び出《だ》された。忠志は、たぶんものすごくほめられるだろうと期待しながら、いそいそと校庭の隅《すみ》に行った。

「清海くん、面白かったよ」

「お、おう……」

内心は鼻高々で忠志は応《おう》じた。

「お楽しみ会で聞いたときよりよかったわあ」

引《ひ》き締《し》めようとしても、顔がにやけてしまう。

「けどね……たぶん、落語聴《き》くのがはじめてやからみんな笑ったんやと思う」

――え……？

「清海くんやったらもっとうまくなると思うから、これからがんばってね。じゃあ……」

そう言うと、吉永恵子はサッカーの練習に行ってしまった。忠志は、冷や水をぶっかけられたような気分で呆然《ぼうぜん》とその背中《せなか》を見送った。

（そうか……そうや、俺《おれ》まだ、人前で二回、落語やっただけやのに、なにをえらそうに思とんねん……）

忠志は、マグマが噴《ふ》き上《あ》がってくるみたいに身体《からだ》がカーッと熱くなるのを感じた。

はじめてコマなし自転車に乗れたときも、草野球でホームランを打ったときも、これほどには興奮《こうふん》しなかった。

（これからや。俺《おれ》はこれからもっともっと稽古《けいこ》して、落語を極《きわ》めるねん）

忠志は声に出して言った。

「よしっ、やるぞ！」


「ただいま！」

「おう、早かったな」

いつものように料理の仕込《しこ》みをしながら、忠太郎《ちゅうたろう》が言った。

「俺《おれ》、今日、五年生全員のまえで落

語やったんや。知ってるやろ」

「な、なんでそんなこと言うんや」

「俺《おれ》に、『しっかりせんかい。なにごとも勉強や』て声かけたん、おとんやろ」

「し、知らん。このクソいそがしいのに、わしが学校なんかに行っとるはずないやろ。

——そんなことより、おまえ、そこに座《すわ》れ！」

忠太郎は厨房《ちゅうぼう》から出てくると、一枚《まい》の紙を忠志に示《しめ》した。

「なんや、これ……？」

「赤松塾《あかまつじゅく》の入塾《にゅうじゅく》テストの結果や」

ぎくっ。

「国語10点、社会13点、理科8点……」

忠太郎は一枚《まい》ずつ答案用紙を忠志に見せていく。

「算数0点。——なんじゃこれは！」

「え？　いや、その……」

「赤松先生も言うてはった。こんな点数見たことない、一年生からやり直したほうがええ、てな。おまえ、今まで学校でなに習っとったんじゃ。親に恥《はじ》かかせよって、このアホ！」

「親のために勉強しとるんとちゃうわ」

「なんやと、こら。おまえは、言うてもわからんようやな。あんまりやりとうはないが、この成績《せいせき》はひどすぎる。今日は身に染《し》みるようにしたるから……覚悟《かくご》せえ」

忠太郎は両手を閉《と》じたり開いたりしながらゆっくりと近づいてきた。

「えっ？　えっ？　なにするねん」

「お仕置きや！」

「うへえっ、お尻《しり》ひねるのだけは勘弁《かんべん》してっ」

「そんなアホなことするかい。げんこつじゃ！」

忠太郎は右手のこぶしを振《ふ》り上《あ》げた。

「暴力反対《ぼうりょくはんたい》！」

「こらあ、待たんかい！」

店のなかを逃《に》げまどいながら、忠志は、

（友吉《ともきち》に会いたい。江戸《えど》時代に戻《もど》りたい……！）

心からそう思っていた。

サダキチも知らない落語の話

そもそも落語とは

桂九雀《かつらくじゃく》

皆《みな》さん初めまして、落語家・桂九雀《かつらくじゃく》です。「落語少年サダキチ」とても面白いですね。続きが楽しみです。さて、ここでは、皆《みな》さんが、この小説をより楽しめるように、落語にまつわる色々なお話をしてまいります。どうぞよろしくお願い申し上げます。

まずは自己紹介《じこしょうかい》

私《わたし》が落語家になったのは一九七九年（昭和五四年）三月一日です。落語家になるには、「プロの落語家に頼《たの》んで、弟子にしてもらう」、この方法しかありません。私《わたし》は、二代目・桂枝雀《かつらしじゃく》という人の弟子にして頂《いただ》きました。ちなみに、その前日・二月二八日は高校の卒業式でした。つまり、昨日まで高校生だった十八歳《さい》の若者《わかもの》が、翌日《よくじつ》からはプロの落語家「桂九雀」になってしまいました。それからの二年間、「内弟子《うちでし》」として、師匠《ししょう》のお宅《たく》に住《す》み込《こ》んで、掃除《そうじ》、洗濯《せんたく》、買い物、子守などの用事をこなしながら、修行《しゅぎょう》をさせて頂《いただ》きました。

よく「内弟子《うちでし》って給料はあるんですか」と聞かれます。内弟子《うちでし》は従業員《じゅうぎょういん》ではありませんから、給料は頂《いただ》けません。それならただ働きなのか、というとそうではありません。家の用事をこなす代わりに、「芸」というかけがえのない物を教えて頂《いただ》きます。

逆《ぎゃく》に「落語を習うのに月謝《げっしゃ》を払《はら》うんですか」と言う質問《しつもん》も、しばしばされます。実は、月謝《げっしゃ》もレッスン料も要《い》らないんです。整理しますと、内弟子《うちでし》とは、師匠《ししょう》の家に住《す》み込《こ》んで、芸という、一生できる仕事の極意を教えて頂《いただ》き、そのお礼《れい》として、師匠《しーよう》のお宅《たく》の用事をするというシステムです。考えたら、これって、この小説に出てきた丁稚《でっち》さんと同じですね。

今や国民的娯楽《ごらく》になっている（かな？）落語ですが、私が入門した当時は、今みたいにたくさんの落語会が開かれてはいませんでした。高座《こうざ》（落語家は舞台《ぶたい》のことをこう呼《よ》びます）に上がる機会もそんなにはありませんでした。たまに高座《こうざ》へ上がっても、お客様も少なかったですし、そのほとんどが、落語通のお年寄《としよ》りか、大学や高校の落語研究会（略《りゃく》して「落研《おちけん》」）の若者《わかもの》、いわゆるマニアばかりでした。今のように、落語が、ごく普通《ふつう》の娯楽《ごらく》になっていて、まして客席に小学生が座《すわ》っているなんて、こんな時代が来るとは思いもよりませんでした。しかし人というのは移《うつ》り気《ぎ》なものです。今の人気がずっと続くとは限《かぎ》りません。ずっと国民的娯楽《ごらく》であり続けるためには、我々《われわれ》落語家は努力を怠《おこた》ってはいけません。そして何よりも、お客様が来て下さらないと話になりません。将来《しょうらい》の落語を支《ささ》えるのは、この本を読んでいるあなたです。しっかりと自覚を持って下さい。と、プレッシャーをかけておきます。

落語って何？

実はこれ、答えにくい質問《しつもん》です。が、この際《さい》、ものすごく簡単《かんたん》に言えば「落ち」のあるお話です。じゃあ「落ち」とは何でしょうか。

普通《ふつう》、お話には結末・エンディングがあります。「〜〜だったとさ。めでたし、めでたし」とか「〜〜という悲しい物語でした」とか、終わりがあります。ところが落語は、物語が結末にたどりつく前、聞いている人が「さぁここから面白くなりそうだ」と手に汗《あせ》を握《にぎ》った瞬間《しゅんかん》に、突然《とつぜん》、衝撃的《しょうげきてき》なクスグリ（ギャグ）が訪《おとず》れて、いきなり話が終わります。この衝撃的《しょうげきてき》なギャグを「落ち」と言います。そこまで盛《も》り上《あ》がっていた聞き手の気持ちは、ガクーンと「落ち」てしまいます。まさに「落ち」なのです。話を落として終わりますので、江戸《えど》時代には、「落《お》とし噺《ばなし》」と呼《よ》んでおりました。（「話」ではなく「噺《はなし》」。口偏《くちへん》に新しいという字を使ったのは、新ネタをどんどん作ったからでしょうね）この「落《お》とし噺《ばなし》」が、明治《めいじ》時代になって「なんか熟語《じゅくご》のほうが格好《かっこう》エエやん」みたいな感覚で「落語」になりました。「落語」と

いうと、英語、フランス語、ドイツ語など、語学みたいで聞こえがよろしい。自慢《じまん》するようですが、私は、日本語、落語、大阪弁《おおさかべん》と三カ国語を喋《しゃべ》れます。「それって、みんな、日本語やがな」と突《つ》っ込《こ》んでくれた君、いつか私《わたし》と漫才《まんざい》コンビを組みましょう。「落ちのある話」＝落語…なんですが、(ここから小声でお願いします) ここだけの話、落ちのない「落語」もあるんです。(大声で) どないやねん!

だから初めに言ったでしょ「答えにくい質問《しつもん》です」と。なので、この部分にはこの際《さい》、目をつむっておいて下さい。代わりに、よく使う卑怯《ひきょう》な言葉で締《し》めくくります。

「君も、大人になったら、わかる!」

落語の起源《きげん》っていつ?

これまた、答えるのが難《むずか》しい質問《しつもん》です。江戸《えど》時代初期、京都の誓願寺《せいがんじ》というお寺のお坊さん・安楽庵策伝《あんらくあんさくでん》が、あちこちで聞き覚えた小噺《こばなし》(短い落《お》とし噺《ばなし》)を集めた「醒睡《せいすい》笑《しょう》」という本を書きました。これをもって落語の元祖《がんそ》とすることが多いようです。しかしながら、巷《ちまた》にあった小噺《こばなし》をまとめたということは、それ以前から落《お》とし噺《ばなし》は存在したということになります。

たとえば「竹取物語」とも言う「かぐや姫《ひめ》」の物語の最後にも「落ち」があります。かぐや姫《ひめ》が天へ帰って行く時に、死なない薬＝不死《ふし》の薬を置いて去って行きます。しかし、かぐや姫《ひめ》が居《い》なくなって、悲しみにくれる帝《みかど》（天皇《てんのう》）は「こんな薬は要《い》らぬ」と、家来に命じて、天に一番近い所、つまり日本で一番高い山の上で、この薬を焼いてしまいます。「不死《ふし》」の薬を焼いたので、それ以降《いこう》、その山を「不死《ふし》の山」＝「フジの山」＝「富士《ふじ》の山」と名付けました。これが落ちです。誰《だれ》ですか？「おやじギャグ」と言ってるのは？　竹取物語が成立した時代は、はっきり判《わか》らないそうですが、少なくとも平安《へいあん》時代から「落《お》とし噺《ばなし》」は存在《そんざい》したということになります。

では、その「落《お》とし噺《ばなし》」を語ることを職業《しょくぎょう》とする、いわゆるプロ落語家はいつ頃誕《ごろたん》生《じょう》したのでしょうか。これも、はっきりとは判《わか》りません。作品としての「落《お》とし噺《ばなし》」が存在《そんざい》していたからには、それを語って聞かせてお金を稼《かせ》ごうという「俺《おれ》っていけてるやん」みたいな人が出てきても不思議はありません。記録にはありませんが、きっとたくさん居《い》たことでしょう。

記録に残っているものとしては、元禄《げんろく》時代（一六八八年〜）、露《つゆ》の五郎兵衛《ごろべえ》という人が、京都（昔は単に「京」と言いました）の賀茂《かも》川の河原《かわら》や、北野天満宮《きたのてんまんぐう》の境内《けいだい》で、「落《お》とし噺《ばなし》」を語ったとあります。同じ頃《ころ》、大阪《おおさか》（当時は「大坂《おおざか》」と書きました）では米沢彦八《よねざわひこはち》が生國魂《いくくにたま》神社（通称《つうしょう》・生玉《いくたま》神社）の境内《けいだい》で、また江戸《えど》（今の東京）では鹿《しか》野武左衛門《のぶざえもん》が、それぞれ「落《お》とし噺《ばなし》」を演《えん》じたと言われています。偶然《ぐうぜん》、同時期に三つの土地で営業《えいぎょう》を始めた、この三人を「プロ落語家の元祖《がんそ》」と覚えて頂《いただ》いて結構《けっこう》です。

魔法《まほう》のフレーズ

最後にちょっと賢《かしこ》そうなことを言います。

今回の小説で扱《あつか》われている落語は「平林《たいらばやし》」というネタです。字が読めないこと＝無筆《むひつ》による騒動《そうどう》がテーマです。この「平林《たいらばやし》」のように、字の読み書きが出来ない人というのが、落語にはよく出てきます。そういうネタを見たり聞いたりしていたら、皆《みな》さんは「ははぁ。昔は読み書きの出来ない人が多かったんだなぁ」と思いますよね。それは無理もないです。でも、ちょっと待って下さい。果たして本当にそうでしょうか。

まず、もしお客さんの大半が無筆《むひつ》だったとしたら、字が読めないことによる騒動《そうどう》を笑い飛ばすことはできません。お客様にしたら、何だか自分達のことを馬鹿《ばか》にされてるようで、不愉快《ふゆかい》ですもんね。だから、少なくとも落語を聞いている、その場の聴衆《ちょうしゅう》は読み書きができたはずです。なので落語家は高座《こうざ》で「今でこそ、字が読めん、てな人はおりませんが、一昔前は、字が読めん、書けんというかたがぎょうさんおられた

ようで」と、あたかも少し昔は、無筆《むひつ》の人が居《い》たかのように言います。

それなら「一昔前」は本当に無筆《むひつ》の人だらけだったのか。そんなアホな。本当に無《む》筆《ひつ》のお客様がたくさん居《い》る会場で「平林《たいらばやし》」なんかをやったら、お客様の大半を敵《てき》に回してしまいます。「平林《たいらばやし》」というネタそのものがやれない、というよりも「平林《たいらばやし》」が存在《そんざい》しているはずがありません。でも、現実《げんじつ》には「平林《たいらばやし》」というネタは昔から受《う》け継《つ》がれてきました。そして「一昔前」の落語家も高座《こうざ》で「一昔前は〜」と言っていました。この小説でも、粋梅師匠《いきうめししょう》は、現代《げんだい》でも、江戸《えど》時代でも、同じように「平林《たいらばやし》」をやってますよね。時代をどこまで遡《さかのぼ》っても「一昔前」の人は無筆《むひつ》で、今、目の前に居《い》るお客様は字が読める、そういう前提《ぜんてい》で落語をやっていました。

この「一昔前」というフレーズが、落語のネタを永久《えいきゅう》に古くさせない魔法《まほう》の言葉です。落語をよく知らない人は「落語って、昔のことを扱《あつか》ってて古くさい」と言います。浅はかです。落語は、実は、わざと「一昔前」のお話にしてあるのです。登場人物が繰《く》り広《ひろ》げる、常識的《じょうしきてき》にはあり得ないような失敗や勘違《かんちが》いも、「今はそんな人は居《い》ないけど、ちょっと前なら、居《い》たかもなぁ」と思わすことによって、聞き手の不自然さを解消《かいしょう》します。これを、ばっちり現在《げんざい》の話にすると、明日や来月、来年には、すでに過《か》去《こ》のネタになって古くさく感じます。それならいっそうんと古いほうが良いからと、平安《へいあん》時代とか室町《むろまち》時代とかに限定《げんてい》してしまうと、今度は、「その時代にそんな言葉があったのか」とか「その頃《ころ》の日本にそんな物は存在《そんざい》しなかった」というような、時代考証《こうしょう》という面倒《めんどう》な作業が必要になります。その点、「一昔前」なら、それは要《い》りません。何時代とか言ってませんもの。ぼんやりと「一昔前」なのですから。そう、全ての落語は「一昔前」の出来事だと思って下さい。

てなことを読んでいると皆《みな》さん、ナマの落語を聞いてみたくなってきたでしょう。「落語少年サダキチ」の続きが出るまでは、落語を聞いて、心の空白を埋《う》めましょう。テレビ、インターネット、ゲームがあふれる現代《げんだい》だからこそ、ナマの芸能《げいのう》に触《ふ》れるのが大切です。その点、そんな物がない時代は、老若男女《ろうにゃくなんにょ》、みんな落語会に足を運んだもんですよ。えっ何ですか？「そんな時代が、いつあったんや？」ですか。そりゃぁ。「一昔前」ですよ。

本作品は、二〇一五年四月から同年十一月まで〝Ｗｅｂ福音館〟に連載されたものを、加筆修正しました。

田中啓文《たなかひろふみ》

1962年大阪府生まれ。小説家。93年「凶の剣士」で第2回ファンタジーロマン大賞佳作入選、ジャズミステリ短編「落下する緑」で「鮎川哲也の本格推理」に入選しデビュー。2002年「銀河帝国の弘法も筆の誤り」、16年「怪獣ルクスビグラの足型を取った男」で、それぞれ第33回、第47回星雲賞日本短編部門、09年「渋い夢」で第62回日本推理作家協会賞短編部門を受賞。上方落語にくわしく、落語を題材にした笑酔亭梅寿シリーズ（集英社文庫）のほか、新作落語も手がける。

朝倉世界一《あさくらせかいいち》

1965年東京都生まれ。漫画家。主な著書に『おれはたーさん』『春山町サーバンツ』『デボネア・ドライブ』『フラン県こわい城』（以上、KADOKAWA）『地獄のサラミちゃん』（祥伝社）、漫画を担当した子どものための〝自立のすすめマイルール〟シリーズ（毎日新聞社）など。

落語少年サダキチ

二〇一六年九月一五日　初版発行

著　者　田中啓文
画　家　朝倉世界一
デザイン　祖父江慎＋鯉沼恵一（コズフィッシュ）
発　行　株式会社福音館書店　http://www.fukuinkan.co.jp/
〒一一三-八六八六　東京都文京区本駒込六-六-三
電話（販売部）〇三-三九四二-一二二六
（編集部）〇三-三九四二-二七八〇

印刷・製本　図書印刷

乱丁・落丁本はごめんどうでも小社出版部までお送りください。

送料小社負担にてお取り替えいたします。

NDC913　224P　20×14cm　ISBN978-4-8340-8291-3